CINDERELLA

Mary J. Morello

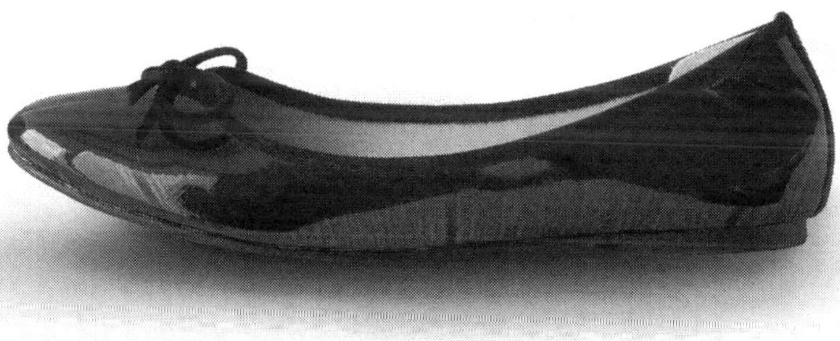

AbajouR BOOKS

São Paulo, 2015

CINDERELLA

A Abajour Books é um selo da DVS Editora Ltda.

Capa: Topbooks

Diagramação: Spazio Publicidade e Propaganda

Dados Internacionais de Catalogação na Publicação (CIP)
(Câmara Brasileira do Livro, SP, Brasil)

Morello, Mary J.
Cinderella / Mary J. Morello ; [tradução McSill Story Studio]. -- São Paulo : Abajour Books, 2015.

Título original: Cinderella.
ISBN 978-85-69250-01-2

1. Romance norte-americano I. Título.

15-03974 CDD-813

Índices para catálogo sistemático:

1. Romances : Literatura norte-americana 813

CINDERELLA

Mary J. Morello

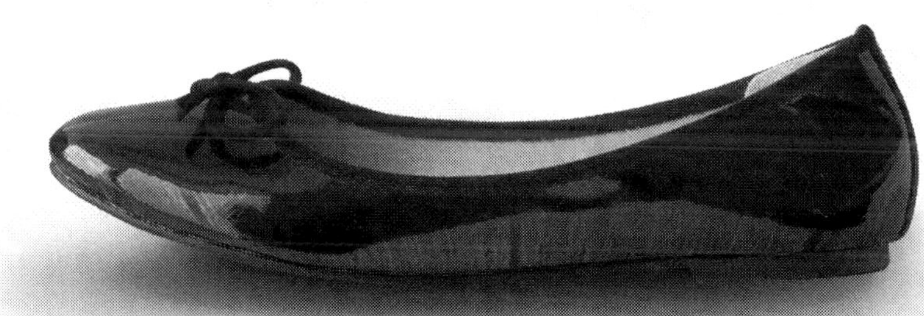

AbajouR BOOKS

Dedico esta obra ao McSill Story Studio. Se não fosse pelas mãos e talento de Betty Silberstein, André Schuck, Camila Prietto e Nano Fregonese, sob a coordenação de James McSill, este livro não existiria. Também dedico à Editora Topbooks, de Portugal, e à Editora DVS, do Brasil, e agradeço a ambas o entusiasmo em publicar-me.

O meu imenso carinho a todos que acreditam que as histórias, idelevelmente, habitam em todos nós.

Mary J. Morello
Los Angeles, Califórnia

SOBRE A AUTORA

Mary J. Morello (nome de solteira Mary Jane McGee) adora definir-se como Cereja Doce, o oposto do que indica o seu nome desde o casamento, já que "Morello cherries", em inglês, é um tipo de cereja azeda.

Mary é americana da Filadélfia, mas cresceu em uma família cujo pai, no Serviço Diplomático Estadunidense, trouxe-lhe a oportunidade de viver em diversas regiões do mundo. Entre todas essas terras, a menina Mary, desde muito jovem, encantou-se pela Língua de Camões, quando frequentou a escola primária em São Paulo, Brasil, e o Liceu, em Lisboa, Portugal. Até hoje considera os países irmãos como a sua segunda pátria.

Este livro, que conta uma história baseada em fatos reais, é fruto de seu amor pela Língua Portuguesa.

Atualmente, Mary vive em Los Angeles (Califórnia) com o esposo, os três filhos e, como não poderia deixar de ser, uma terrier sapeca e dois gatos preguiçosos que mais parecem personagens de um desenho animado. Ler, ler e ler e escrever, bem como viajar para encontrar a família em Boston são considerados, até hoje, os passatempos favoritos dos *Morello*.

Capítulo 1

– Você é a primeira a chegar! – Foi o jeito que a garçonete cumprimentou Ana, a quem já havia recepcionado em outras ocasiões. – Virgem? – acrescentou.

Mesmo estranhando a pergunta, Ana fez que sim com a cabeça, tentando a todo o custo segurar o sorriso.

– O seu destino é ser patologicamente pontual – a garçonete continuou. – Quem nasce sob o signo de Virgem não tem como fugir. Por favor, me acompanhe. Vou levá-la à mesa reservada.

Ana a seguiu, ouvindo, por todo o trajeto, as características de seu signo e como iriam reger sua vida. Talvez, como Bia vivia sugerindo, ela devesse começar a frequentar os "Travados Anônimos". Ao menos, seria capaz de pedir àquela mulher que ficasse quieta, que parasse de tentar adivinhar toda sua vida em menos de um minuto.

Mal se sentou à mesa e, segundos depois, Bia chegou de forma pouco típica, na hora marcada, fazendo barulho com o salto do sapato ao andar pelo piso de madeira clara, os cabelos cor de trigo esvoaçantes. Usava um vestido assimétrico que, mesmo parecendo ter custado uma fortuna, formava pequenos bolsões de pano nada lisonjeiros à sua figura. Os sapatos, porém, eram o máximo!

– Peço desculpas por não ter me atrasado – Bia disse. – Sei que você acha que devemos manter a tradição, mas as ruas e o tráfego conspiraram contra mim.

– Então não foi culpa sua! – Ana retrucou, fitando-a com um olhar severo. – Mas não faça disso um hábito. Feliz aniversário!

– O que há de feliz? – Bia perguntou com cara de lamento. – Você estava feliz no dia em que fez 21 anos?

Ana deu de ombros. Não se lembrava da última vez em que fora feliz de verdade.

O garçom apareceu para anotar os pedidos de bebidas.

– Vinn...nho? – perguntou Bia à Ana, imitando sotaque português. – Ou vamos partir para álcool de verdade?

– Gin e tônica.

– Então traga dois. – Bia esfregou as mãos de satisfação. – E agora? Onde estão os meus livrinhos de colorir e a caixa de giz de cera?

Bia era a única amiga de Ana e, desde que esta se lembrava, sempre adorou receber giz de cera de presente.

Ana empurrou um pacote colorido sobre a mesa e Bia rasgou o papel de presente.

– Coisas da Aveda! – exclamou deliciada.

– Produtos da Aveda são o equivalente a livros de colorir e giz de cera para as mulheres de vinte e poucos anos – Ana explicou.

– Mas quer saber de uma coisa? – Bia disse pensativa. – Acho que sinto falta dos livrinhos de colorir com giz de cera.

Bia olhou para a amiga e elogiou:

– Você está fantástica!

– Tá brincando comigo, não é?

– Não! Estou falando sério. Adorei a sua roupa!

– Foi meu presente de despedida. Comprei e me dei.

O olhar de Bia pareceu ficar sombrio.

– Vai mesmo fazer isso?

– Sim, não há mais nada aqui para mim. Acho até que demorei muito pra tomar essa decisão.

– E o Sérgio? Não vai falar com ele de jeito nenhum?

– Depois de tudo o que ele fez?

– Ele pediu para você telefonar.

– Nem pensar! Vou embora e me esquecer dele o mais rápido possível.

– *Mmmmm*, não quero mais falar disso – Bia disse, contorcendo os lábios. – Fico triste. Vamos falar da comida.

Ana sorriu tímida.

– Olhe aqui! – Bia disse, pegando o menu e parecendo agoniada. – Eles só têm coisas deliciosas! Por favor, Senhor, dê-me forças para não pedir o *couvert*. Estou tão esfomeada que seria capaz de comer uma vaca inteira, com chifre e tudo.

– Como vai a tal dieta do "nada é proibido"? – Ana quis saber, embora já desse para imaginar a resposta.

– Já era! – Bia desceu o olhar e balançou a cabeça de leve, com ar envergonhado.

– Mas que mal havia nela? – Ana consolou-a.

– Pois é! – replicou Bia aliviada. – Que mal havia, não é? Thomas ficou furioso com aquilo, como você já deve ter sacado. Aliás, pensando bem... imagine uma dieta que diz a uma glutona como eu que não há nada proibido. É uma receita para o desastre!

Ana exclamou algumas frases murmuradas, como fizera nos últimos cinco anos, desde que Bia saíra dos trilhos com relação à comida.

– E aí, como é que você está? – Bia perguntou-lhe. – Parece que perdeu alguns quilos.

– Mais ou menos...

– A febre passou?

– Creio que foi do sofrimento... Mas consegui me livrar dela – Ana respondeu. – Fiquei uns dias de cama. Ontem tive um surto moderado de raiva, mas já superei.

Os outros convidados de Bia começaram a chegar, o que deixava Ana bastante desconfortável. Desde o problema no palco da escola, ela não se sentia muito bem em grandes grupos.

Logo, ela parou de prestar atenção em Bia e suas amigas e fechou-se dentro de si mesma, apenas captando fragmentos de conversa aqui e ali. Sua mente já estava em Portugal.

– Nunca paramos de brigar! – Ouviu alguém dizer. – Vivemos um tentando estrangular o outro, de manhã, de tarde e de noite.

– Então vocês estão, tipo assim, viciados um no outro? – Bia perguntou à garota com um pouco de ansiedade na voz.

– Vamos colocar do seguinte modo: quem fabricou Sandro fez o melhor trabalho de sua vida. Mas, afinal, por que você está querendo saber das nossas brigas?

– Por nada. – Bia entregou-lhe um pacote minúsculo. – Amiga, este é o seu presente para mim. Você me deve vinte paus.

– Feliz Aniversário! – ela desejou e entregou o presente de volta. – Posso pagar os vinte com cheque ou você só aceita cartão de crédito? Aliás, o que foi que eu dei a você?

Bia rasgou o papel de presente com animação e exibiu um batom.

– Mas este não é um batom qualquer! – Após uma pausa dramática breve, com o intuito óbvio de aumentar o suspense, explicou empolgada. – Este aqui é indelével, não sai de jeito nenhum. A menina da loja me garantiu que ele resiste até mesmo a um ataque nuclear. Acho que a minha longa busca finalmente acabou.

– Já não era sem tempo! – Ana comentou, tentando ser simpática. – Quantos batons indeléveis falsos você já foi convencida a comprar?

– Perdi a conta... – Bia respondeu. – Eles vêm com promessas de marcar os lábios com profundidade e firmeza de cor, mas logo depois já estão sujando a borda dos copos e o garfo, exatamente como qualquer batom comum. Dá vontade de chorar!

A próxima a chegar foi Liv, usando uma jaqueta curta da Agnes B, modelo “seria capaz de te matar para ficar com essa roupa”. Ela se preocupava muito com grifes, como deveria ser já que trabalhava no mundo do *Design*, ainda que na área de decoração de interiores. Liv era sueca. Alta, com braços fortes, tinha dentes resplandecentes de tão brancos, cabelos pela cintura, quase brancos de tão louros, fios totalmente retos. Os homens, muitas vezes, pensavam reconhecê-la de algum filme pornô.

Ana procurou ficar o máximo possível na companhia delas, mas, depois de certo tempo, não dava mais.

– Desculpe desapontá-la... – Ana explicou, tentando ser gentil – mas é que preciso sair mais cedo. Tenho...

– Ah, qual é? – Bia reclamou. – Você tem que parar de fugir e aprender a se divertir.

– Eu ainda tenho algumas coisinhas para arrumar antes da viagem.

– Medrosa! Acha que além-mar será diferente? Que bobinha! Só falta dizer que vai para Portugal viver uma história de Cinderela.

Ana ficou surpresa. Esperava críticas de qualquer pessoa – e até estava acostumada a recebê-las sempre – mas de Bia precisava e desejava apenas apoio.

– Desculpe mesmo. A viagem está me tomando toda a atenção. Tem muita coisa que ainda preciso fazer. São muitos detalhes que não param de aparecer a todo instante.

– Nos vemos novamente antes de você embarcar, não é? Ainda vou conseguir tirar essa maluquice da sua cabeça.

– Claro! – Ana mentiu. – Tchau, pessoal! – Sorriu sem vontade e foi embora de cabeça baixa.

* * *

Em casa, enquanto dobrava suas blusas sem decote e que pouco revelavam o corpo, Ana falava ao telefone com uma mulher da companhia aérea. Em um ímpeto raro, ao sair do restaurante, decidiu adiantar sua viagem para Portugal. Parecia que o destino estava ao seu lado, pois ela acabava de ser informada que sim, seria possível adiantar a sua passagem.

– Para quando? – perguntou.

– Hoje à noite.

Ana travou. O coração disparou no peito. Se fosse hoje, não teria tempo de dizer adeus a ninguém.

Pensou por alguns segundos e concluiu que não havia para quem dizer adeus. Não alguém que se importasse de verdade.

– Senhorita? Senhorita? – chamou a mulher da companhia aérea. – Confirmo a nova data?

– Sim, confirme.

Assim, Ana tomou a decisão mais difícil de sua vida. Em poucas horas, estaria embarcando para o Portugal de seu falecido pai. Para o Portugal das histórias que tanto ouvira quando criança. E, se Deus quisesse, para o Portugal onde faria um novo começo, uma nova vida, livre de traumas que a assombrassem.

Capítulo 2

Ao desembarcar no aeroporto de Lisboa, Ana não pôde deixar de pensar como aquilo não tinha nada a ver com as recordações que guardara com tanto carinho das histórias contadas pelo pai.

Imaginara uma pequena cidade, com um pequeno terminal de estilo vintage, mas se deparara com um aeroporto moderno, nos moldes daqueles que frequentava no Brasil. Não queria admitir, mas estava um pouco decepcionada.

Contudo, não fazia ideia do que era decepção de verdade até pegar a bagagem e se dirigir para fora em busca de um táxi.

Onde fora parar o país cujas histórias eram de verão e calor? De flores e sol no rosto? Seu pai nunca falara de um lugar de vento frio e árvores nuas.

– Vou ter que comprar um guarda-roupa novo! – Ana lamentou em voz alta.

Caminhou até o primeiro táxi que encontrou. Deu o endereço do pequeno apartamento que o pai possuía e que ainda estava por lá, aos cuidados de uma antiga amiga dele.

O taxista, após fazer uma gozação simpática sobre o seu "sotaque estranho", informou-a que não faria a corrida. Não valia a pena. Era um endereço próximo e ela podia ir de metrô.

"Metrô? Adeus meus sonhos românticos!", Ana pensou.

Nunca imaginara uma carruagem buscando-a no aeroporto. Todavia, os primeiros momentos na cidade aconteceram abaixo da terra e não sob um dia de sol. Isto tirou um pouco do glamour que esperava encontrar no velho continente.

Cabisbaixa, arrastou sua mala rua abaixo em direção à estação mais próxima.

* * *

– Até que é bonitinho... – Ana declarou em voz alta, do lado de fora do prédio.

A construção era antiga, o que combinava com seus anseios, porém as paredes, além de sujas, quase cinzas, estavam tomadas por rachaduras. Ao menos não havia grafites com palavras impossíveis de compreender.

"Uma pintura nova faria maravilhas a esse lugar!", Ana considerou. Enchendo o peito de ar, exclamou:

– Vamos lá! Quero ver o que me aguarda...

Caminhou até a entrada, onde foi recepcionada por um senhor de bigode branco, cuja barriga proeminente se salientava ainda mais por causa de suspensórios vermelhos.

– Olá, senhor.

– Olá, menina, como está?

– Muito bem agora. Meu nome é Ana e meu pai possui um apartamento aqui neste prédio.

– É mesmo? – o senhorzinho perguntou sem conseguir disfarçar a curiosidade. – Qual é o nome dele?

– Raul.

Ele coçou a cabeça.

– Não há nenhum Raul por aqui. Tem certeza de que ele mora aqui?

– Não, não. Meu pai foi para o Brasil há muitos anos e faleceu quando eu ainda era pequena – Ana explicou. – O apartamento dele era ocupado por uma amiga, que mantinha tudo em ordem e...

– Ah, sim, sim. Estou sabendo do seu caso. Como é seu nome?

– Ana.

– Tudo o que você precisa está ali, na caixa de correio, Ana.

"Ora bolas! Como assim na caixa de correio? Será que não vou nem conhecer essa antiga amiga do papai? Quem diabos recebe as pessoas desta maneira?", considerou chateada.

Ana foi até a caixa e a encontrou destrancada. Lá dentro, uma chave sobre uma pilha de envelopes.

– Ela largou as coisas assim? – perguntou ao senhor.

– Sim. Comentou que não ia mais morar aqui. Então, foi embora e deixou tudo aí. Que bom que você chegou porque algumas dessas contas estão para vencer, viu?

– O senhor sabe para onde ela foi? Deixou endereço? Há alguma maneira de encontrá-la?

– Não que eu saiba.

Ana bufou. Respirou fundo, tentando se acalmar.

– Qual é seu nome, senhor?

– Valentim. Valentim Gentil, a seu dispor. Para chegar ao apartamento é só seguir neste corredor, pegar o primeiro lance de escadas. No segundo andar, é a terceira porta à direita.

– E o elevador?

– Está em manutenção. Nos próximos dias vai ter que usar as escadas mesmo.

– Obrigada, Seu Valentim.

– De nada. Espero que as malas não estejam muito pesadas. Eu até ajudaria se a idade permitisse.

– Não se preocupe. Eu fico agradecida mesmo assim. Para quem as trouxe desde o aeroporto, alguns lances de escada não serão um problema.

Ana despejou os envelopes dentro da bolsa de mão, guardou a chave no bolso e levantou as malas.

– Bem-vinda a Portugal!

Ana agradeceu com um sorriso, o melhor que podia naquelas circunstâncias, e seguiu rumo ao apartamento.

Era bom que o destino tivesse excelentes surpresas para ela dali por diante porque, até aquele momento, definitivamente nada estava saindo como o planejado.

* * *

O prédio não tinha elevador. Teve que enfrentar a escada sozinha. Driblando os degraus, Ana conseguiu chegar ao primeiro andar. Descansou um pouco e continuou lutando para vencer os degraus com a enorme mala, a mochila e a bolsa. Finalmente, chegou ao segundo andar, na porta do apartamento oito, que seria agora seu novo lar.

Estava tão ansiosa que mal conseguia inserir a chave na fechadura. Abriu a porta e viu-se em uma pequena sala, cujo mobiliário resumia-se a um sofá, uma poltrona, uma mesa de centro e uma estante baixinha. Na prateleira de cima da mesma, havia uma televisão pequena, bem velha.

– Nossa... será que essa televisão é branco e preto??? – Ana exclamou com ar incrédulo.

Jogou a mochila com o laptop e a bolsa em cima da poltrona. Fechou a porta e atirou-se no sofá.

Percebeu um forte cheiro de mofo. Como era alérgica, logo começou a espirrar sem parar. Apressou-se a abrir a janela para arejar o recinto. Foi ver o único quarto, que tinha uma cama de casal com dois criados-mudos e um guarda-roupa. Abriu a janela também. Depois, foi ao banheiro lavar o rosto e assoar o nariz. Não tinha uma toalha sequer para se enxugar.

– Ih... já vi que vou ter que gastar uma grana em toalhas também.

Na minúscula cozinha, além de um fogão de quatro bocas muito velho, havia uma geladeira também antiquíssima e uma mesa pequena com duas cadeiras.

Tudo era muito feio. Muito velho. Muito desanimador.

Para animar aquela situação e inverter a aparente má sorte, Ana decidiu ir logo atrás do seu sonho. Era hora de buscar sua tão desejada carreira no teatro.

Estava bastante animada com a tarefa, já que sempre ouvira falar que na Europa a arte era bastante apreciada. Certamente alguma casa teatral haveria de abrir suas portas para uma jovem ousada, que decidira abrir mão de uma vida confortável – embora não muito feliz – em busca de um novo começo ao lado daquilo que imaginava ser seu destino.

Sim, ela era uma romântica inveterada. Mas o que podia fazer?

Esqueceu-se de perguntar ao porteiro sobre a internet. Desceu para falar com ele.

– Sr. Valentim, tem internet aqui?

– Sim, Ana. Tem inclusive *wi-fi*. Eis sua senha.

– Graças a Deus! – exclamou aliviada. – Obrigada!

Ana subiu as escadas correndo de volta ao apartamento. Pegou o computador e...

– Oh, não... A tomada é diferente.

Verificou todas as tomadas do apartamento e constatou que não havia uma, sequer, como as do Brasil.

– Preciso de um adaptador. Como não pensei nisso?

Teve que descer à portaria novamente.

– Sr. Valentim, desculpe-me incomodá-lo, mas a tomada do meu computador não serve nas tomadas daqui. O senhor não teria um adaptador para me emprestar?

– Tenho, sim. Mas você precisa logo comprar um para você. Esse é para ficar aqui justamente para emergências.

– Obrigada. Logo vou providenciar um.

Voltou para o apartamento. Conectou o computador e com uma rápida pesquisa na internet, mapeou os teatros locais. Para sua surpresa, Almada apresentava uma bela cartela deles. Entre eles, o Teatro Municipal.

Não perdeu tempo. Foi para o quarto e abriu a mala. Tirou algumas peças, espalhando-as pela cama. Vestiu-se de tal maneira que a fez elogiar-se para o espelho. Anotou o endereço do Teatro Municipal, desligou o computador. Trancou o apartamento, jogou as chaves na bolsa, desceu as escadas correndo e foi à luta.

Assim que começou a caminhar, seu estômago deu alerta de fome: fazia várias horas que tinha comido pela última vez. Resolveu procurar alguma lanchonete. Teve a grata surpresa de se deparar com um Café com decoração tipicamente portuguesa. O estabelecimento tinha o sugestivo nome de *Chá de História*.

– A senhorita quer se sentar dentro ou fora? – perguntou-lhe solícito um atendente.

– Dentro, por favor. Está um tanto frio.

– Mas temos mantinhas, se preferir ficar lá fora.

– Mantas? Que curioso... Mas prefiro aqui dentro mesmo.

– Alguma bebida para começar, senhorita? – indagou-lhe um simpático garçon, após acomodá-la numa mesinha de canto e oferecer-lhe o cardápio.

– Uma água, por favor. Que lugar lindo! Parece exalar História.

– Realmente, aqui é possível reviver os tempos de antigamente...

– Interessantes esses itens do passado que decoram o ambiente!

– Foram na maioria oferecidos por amigos, familiares e clientes – explicou o garçon que a atendia. – Vou trazer sua bebida.

Após olhar rapidamente o cardápio, interessou-se pelos pastéis.

– Sua água, senhorita. – Serviu-lhe o garçon – E o que vai comer?

– Tem pastel de carne?

– Como? De carne? Não!

– E de pizza?

O garçon a olhou com olhos arregalados e abanou a cabeça. Ana teve ali sua primeira aula de pequenas diferenças culinárias entre o Brasil e Portugal:

– Pastéis são uma das mais populares especialidades da doçaria portuguesa: são de nata, com açúcar e canela.

– Oh... pensei que fossem como os pastéis brasileiros, de vários sabores, fritos na hora. Adoro comer pastel na feira!

– Não, não. São doces tipicamente portugueses, servidos quentinhos, polvilhados com canela e açúcar.

– E qual seria um prato salgado tipicamente português?

– Que tal uma Francezinha?

– Como é isso?

– É um prato originário da cidade do Porto: tem linguiça e carne de vaca, com um molho à base de tomate, cerveja e piri-piri. Tudo coberto com queijo derretido, ovo estrelado, e acompanha batatas fritas.

– O que é piri-piri?

– É uma pimenta muito utilizada na culinária portuguesa.

– Vou aceitar sua recomendação. Parece um prato bem saboroso!

Ana devorou o prato com gosto. Estava realmente faminta.

– Espero que a comida tenha sido de seu agrado, senhorita.

– Estava ótima. Muito obrigada pela sugestão.

Satisfeita por ter feito sua primeira refeição em Portugal em um lugar superdiferente e agradável, saiu toda animada para o Teatro Municipal.

No percurso, lembrou-se de como as pessoas se mostravam surpresas ao ouvir Ana dizer que procurava emprego em um teatro. Como era pouco falante, não a achavam dinâmica e entusiasmada o suficiente para esse tipo de emprego. Afinal, diziam, ela era séria e reservada demais. Felizmente, sua intenção de ser uma estrela dos palcos teatrais fora esquecida há muito tempo. Agora, só buscava um trabalho que a deixasse perto de sua paixão, mesmo que atrás das cortinas. Assim, não precisaria estar no centro das atenções o tempo todo. Pelo contrário, a sua principal tarefa seria preparar os bastidores ou ajudar as estrelas. Aprenderia "como se faz teatro", coisa que nunca tivera real oportunidade.

Parou encantada na frente do Teatro Municipal de Almada, com razão também conhecido por Teatro Azul por ser pintado totalmente desta cor. A construção era gigantesca e os padrões da publicidade indicavam uma produção teatral efervescente. Neons informavam os espetáculos em cartaz, enquanto *outdoors* estampavam fotos de momentos célebres e atores famosos.

Ana se aproximou das grandes portas de vidro que deixavam transparecer um enorme saguão iluminado. Aparentemente, estava vazio. Bateu, mas ninguém respondeu. Girou a maçaneta da porta, como encontrou-a destrancada, foi logo entrando.

Altíssimas paredes brancas ostentavam magníficas fotos de peças teatrais. No silêncio do edifício, Ana permitiu-se vagar entre elas, passando de uma fotografia à outra, como uma criança em uma loja de brinquedos que escolhe seu presente de Natal.

– Esse eu conheço: *O Rei Leão* – Ana disse para si mesma entusiasmada, enquanto caminhava até a próxima imagem. – Já sei. *Sonhos de Uma Noite de Verão.* E Ana fez mais um ponto para as meninas. – Gargalhou alto, divertindo-se com o jogo que acabara de inventar. – Posso ser mais rápida que qualquer competidor da roda da fortuna. Agora é para valer: um, dois, três e... já! *A Noiva de João. O Mágico de Oz. Branca de Neve e os Sete Anões. A Bela Adormecida. O Fantasma da Ópera. O Quebra-Nozes.*

Ana já saltitava entre uma e outra foto quando seus olhos encontraram a imagem que, há muito tempo, era responsável por deixá-la paralisada de medo. Em frente à carruagem, uma linda princesa usava um vestido longo e pomposo, enquanto a fada madrinha empunhava sua varinha de condão.

Foram necessários alguns segundos de silêncio antes que a jovem fosse capaz de pronunciar o título que desde a infância lhe trazia calafrios.

– *Cinderela...* – balbuciou.

Quando criança, Ana chegou muito perto de interpretar a princesa na escola, mas depois de tudo o que viveu por causa deste sonho que se tornou pesadelo, nem em ser atriz pensava mais. Não gostava de se lembrar daqueles tempos. E não mais o faria. Balançou de leve a cabeça espantando as lembranças.

– É hora de viver tempos felizes, Ana – ela sentenciou. –Tempos felizes!

A voz de um homem, levemente áspera e abrasiva, arrastou-a para fora de seu devaneio. Ana aguçou os sentidos e seguiu o ruído. Vinha, decerto, do palco. Por baixo da grande e, aparentemente, pesada porta de madeira escura, um feixe de luz escapava. Encostou o ouvido na madeira e pôde perceber que o ruído tornara-se um burburinho, revelando que algumas pessoas conversam bem animadas. Não teve dúvidas. Era sua chance de perguntar sobre o funcionamento do espaço, se tinham vagas, esse tipo de coisa.

Puxou a porta. Quando entrou, encontrou um monte de pessoas andando de um lado para o outro. Além dos assistentes, havia técnicos e camareiras. No palco, um bando de rapazes e moças, como se estivessem prontos para o ensaio, falava baixinho entre eles.

A princípio, relutou em avançar. Não pela quantidade de pessoas, mas pela possibilidade de receber um grande NÃO. Como sempre fazia quando precisava de coragem, pensou na frase que o pai não cansava de repetir: "Nada acontece por acaso". Definitivamente, seu pai tinha razão. Deparar-se com a foto da Cinderela não era uma coincidência. Era um sinal de que ela havia tomado a decisão certa quando decidiu ir para Portugal atrás de seu sonho. As luzes da ribalta eram a sua "luz no fim do túnel" e sairia dele como uma vitoriosa.

Estufou o peito e foi entrando na plateia pouquíssimo iluminada. Ao passar entre algumas poltronas, encontrou dois homens, bem no centro, conversando. Um deles segurava uma máquina fotográfica, o outro tinha nas mãos uma grossa resma de papéis. Ana deduziu que era o texto da peça que ensaiavam.

"Então esse é o diretor...", ela pensou, enquanto estreitava o olhar, tentando ler o título escrito na primeira folha.

Com um *flash* curto, seguido por um clarão, as luzes da plateia se acenderam, ofuscando as vistas de Ana. Ela tapou os olhos com as mãos, mas logo se acostumou à luminosidade. Quando voltou a enxergar o ambiente, percebeu que todos olhavam em sua direção, como se ela tivesse interrompido algo. Entretanto, logo em seguida, como de forma automática, todos desviaram o olhar, voltando aos seus afazeres. Sequer perguntaram quem era ela ou que o que queria.

Ela não estranhou. Não era muito popular desde o incidente na peça da escola. Não seria agora que causaria um grande impacto. Desde o evento escolar, os colegas de sala, se é que poderia chamá-los assim, se referiam a Ana como "*Miss* toda nudez será castigada". Um castigo que ela mesma se impôs e no qual ainda se encontrava, mesmo depois de tantos anos.

Um dos homens na plateia, o provável diretor da peça, levantou-se.

– Bom trabalho, pessoal! – elogiou. – Vanessa! – Ele apontou para o palco indicando uma ruiva alta e sorridente. – Tem duas castanholas aqui. São novinhas, hein! Leve para treinar em casa. Os outros estão ótimos. Sem dever de casa por hoje. A ordem agora é descansar. Até amanhã.

Todos foram hábeis em recolher bolsas e mochilas espalhadas pela primeira fila de poltronas da plateia. Saíram passando por Ana. Entretanto, ninguém perguntou o que ela fazia ali. Por alguns momentos, ela permaneceu atônita.

"Será que fiquei invisível?", perguntava-se, quando um rapaz que ela nem tinha visto por perto, veio em sua direção. Trazia nas mãos ripas de madeira e, na cintura, preso a um cinto, um martelo.

– Olá – ele disse com semblante curioso.

– Olá – ela assentiu com um gesto de cabeça.

– Precisa de alguma ajuda?

Ela sorriu, gostando do ritmo da fala dele e do sotaque gostoso que lhe trazia à mente a imagem de seu pai.

– Sim. Talvez possa me informar com quem eu poderia falar sobre a produção dos espetáculos.

– O que você quer saber?

– Quero um trabalho no teatro.

– Não sei não... – O homem estudava Ana com olhos perspicazes. – Já temos faxineira.

– Mas eu não quero ser faxineira!

– Você quer ser atriz? – Ele baixou os olhos como se a estivesse medindo centímetro por centímetro.

O olhar crítico do homem surtiu em Ana o efeito de um empurrão. Ela deu um passo atrás e cruzou os braços. Estava arrumada e era bastante bonita, embora a tonalidade bronzeada da pele e os olhos escuros lhe dessem substancialmente uma aparência estrangeira.

– E se eu quiser?

O homem deu mais uma boa olhada para Ana.

– Acho que vai ser difícil…

– Por quê? Estão com o elenco completo ou você me acha feia?

– Feia? Não… você é bem bonitinha. Porém, com esse sotaque, você só vai conseguir um emprego de faxineira.

– Você é muito preconceituoso!

– Ouviu? – O homem olhava ao redor. – Seu sotaque soa mais como o de uma imigrante ilegal ou como de uma condessa? Hum… – Ele olhou para o alto, mostrando-se pensativo até que bateu os dedos na madeira que carregava nas mãos como se tivesse se lembrado de algo muito importante. – Primeiro caso, não é? Sem dúvida, você se enquadra nele. Além de faxineira, pode ser imigrante, ou estar prestes a ser deportada! – Ele ria como se tivesse feito a piada mais engraçada do mundo. – Ah… Isso foi ótimo. Mas diga-me, onde você morava? Em alguma colônia portuguesa? – Ele escancarou a boca soltando altíssimas gargalhadas. – Menina, sempre é possível sonhar. Quem sabe um diretor não se apaixone por essa carinha bonita de quem foi criada à base de cereais caros e leite importado? Ele pode até encomendar uma peça só pra você. Algo como "Uma turista em Almada". O que acha?

Ana girou sobre os calcanhares e foi em direção à saída. Sua experiência em ser desmerecida pelos outros, às vezes, chegava ao limite de fazê-la ter vontade de esbofetear um homem por comentários como aquele. Ela não era o tipo de pessoa que se deixasse levar por esses rompantes. Era quieta, sim, mas podia ser expansiva em alguns momentos cruciais. Parou na porta e voltou-se para o homem.

– Não acho que me qualifico como turista, senhor... senhor especialista em teatro! – Ana virou-se e nem olhou para trás.

– Você só se qualifica como imigrante, boneca! – ele gritou antes que a enorme porta de madeira batesse de forma estridente às costas de Ana.

Ela sabia que o homem fora gratuitamente cruel. Sentindo-se mais uma vez culpada por alimentar o sonho de trabalhar no teatro, caminhou pelas ruas, desconsolada. Não queria mais estar no palco, disso, tinha certeza. Mas ainda queria viver naquele ambiente onde a magia dominava e as estórias tomavam vida. Talvez fosse melhor desistir disso também.

"Não!", pensou ela, refletindo melhor. "Meu sonho é a única coisa que ainda guardo comigo. Todo o resto eu deixei para trás, no Brasil. E aquela professora não pode me atormentar a vida toda!"

Antes de voltar a buscar outra casa teatral, ainda abalada com tudo de terrível que acontecera desde o desembarque na terra do pai, decidiu fechar os olhos em uma oração silenciosa.

"Será que eu fiz besteira? Se eu estou no caminho certo, por favor, pai, me dê um sinal!"

Foi então que ouviu um som familiar vindo da lixeira. Correu até lá e encontrou um filhotinho de gato.

– Tadinho. Você está todo sujo e assustado. Poxa, quem deixou você aqui?

O gatinho miou e, em seguida, enfiou-se dentro de uma caixa de leite.

– Não precisa fugir. Venha cá, venha!

Ana se ajoelhou e esticou bem o braço para alcançá-lo.

– Venha aqui, venha. Aposto que os outros gatos fizeram *bullying* com você, não é? Eu sei como é isso.

Ana pegou o gatinho e o trouxe até o peito, envolvendo-o em seus braços, acariciando sua cabecinha. Ele fincou as unhas na blusa dela como um náufrago se agarra a uma boia.

– Calma, calma. Essa é de seda e custou bem caro. É melhor termos cuidado. – Afastou-o com carinho e o levantou até a altura de seus olhos. Ele miava e mostrava os dentes. – *Sssshhhhh*... Calminha, pequeno. O pior já passou. É hora de viver tempos felizes, gatinho. Tempos felizes!

No caminho de volta à casa, parou em um supermercado e fez algumas compras essenciais para começar a se ajeitar no novo lar: alguma coisa para comer, alguns produtos de higiene e limpeza, duas toalhas e o bendito adaptador. O resto compraria com o decorrer do tempo.

Capítulo 3

Ana reservou a manhã seguinte para a tarefa mais difícil do dia: retirar o cheiro de mofo e poeira que se apropriara do apartamento e atacava sua alergia. Algumas horas de intensa faxina depois, concluiu que o ranço e o bolor ja haviam tomado até as mais profundas entranhas das paredes.

Deixou o corpo tombar no encosto do sofá. O gatinho pulou em seu colo e começou a se esfregar nela.

– Vá para a sua almofada, Sabiá – ela disse, colocando-o no chão. – Eu sei que você não é passarinho como o meu amado sabiá que ficou no Brasil com a dona Terezinha, mas prefiro que você fique no seu cantinho. – O gato pulou de volta no colo de Ana. – Sabiá, eu já disse. Vá para a sua almofada!

O gatinho miou alto em uma clara reclamação. Mesmo assim, desceu do sofá e se deitou onde Ana pediu. Ela observava as paredes rachadas do antigo apartamento do pai, perguntando-se como poderia deixá-las mais atraentes. Nunca tinha sequer colocado um prego na parede, porém havia assistido a tantos programas de televisão sobre decoração que se considerou bem capaz de fazer alguns ajustes por ali. Talvez fosse melhor preparar uma lista de consertos. Ela não poderia dizer que tudo no imóvel estivesse ruim. Ao menos, as janelas amplas permitiam que a luz do sol entrasse com vigor no ambiente, deixando a atmosfera um pouco saudável durante o dia. Nas primeiras noites, o que mais a incomodara foram as tábuas do piso rangendo. Agora, mais acostumada ao barulho, estava quase gostando dele. Lembrava o som de antigos palcos de teatro.

Ana encaminhou-se descalça para a cozinha. Tinha pernas esguias, adquiridas na época em que fizera aulas de balé, só para espiar as aulas de teatro que aconteciam na mesma sala, no horário seguinte.

Achou um pires no armário e colocou-o no chão. Abriu a geladeira, pegou o leite, colocou no pires e chamou o gato.

– Sabiá, venha tomar café da manhã!

Guardou o leite de volta na geladeira, pegou uma garrafinha de iogurte e encostou-se à pia.

O gato passou por Ana como uma modelo em uma passarela. Após beber todo o leite, sentou-se ao lado da geladeira e fixou o olhar na direção de Ana.

– O que foi, Sabiá?

Ele não se mexeu. Apenas lançou-lhe um olhar austero. Ana se permitiu um sorriso. Não sabia se aquele era um comportamento normal dos gatos, mas não poderia dizer que Sabiá não sabia deixar bem claro sua insatisfação e vontades.

Abriu o iogurte e tomou um farto gole. Começou a ouvir uma música chegar aos ouvidos com suavidade.

"Triste e sexy", pensou ela.

Era assim que definia aquela espécie de lamento do saxofone. As lânguidas notas prolongadas surtiram um efeito estranho em seu ser.

Teve uma súbita vontade de sair de casa e explorar o bairro. Se na Vila Mariana era uma boba-solitária que nunca saía de casa, em Almada seria diferente. Novas escolhas trariam novos tempos.

– Vamos, Sabiá. Faça como seu antecessor que ficou no Brasil e me ajude a escolher uma roupa quente e confortável. – O gato continuou imóvel. – Desculpe-me. Não estou acostumada a dar ou receber carinho. Venha. – Ela bateu as palmas das mãos nas coxas. – Venha, Sabiá. Eu, às vezes, me esqueço de que você é mais carente do que eu.

Ela se abaixou, bem a tempo de receber Sabiá nos braços. Ele pulou no peito dela e se agarrou à camiseta.

– Sabiá, preciso de roupas quentes. Vi na internet que esse é um dos outonos mais terríveis já registrados pelos termômetros em Almada. – Ele miou como se concordadesse. – Também ouviu dizer isso? Você, hein... Sempre atento aos detalhes.

Ela foi para o quarto com o gatinho no colo. Deixou Sabiá sobre a cama. O leito automaticamente rangeu.

– Sim... sim. Eu já sei. Vou colocá-la na lista de consertos. E vou colocá-la em primeiro lugar.

Ana escolheu o casaco vermelho, protegeu o pescoço com um cachecol e arrematou com lindos e altíssimos saltos altos, presente de Bia. No Brasil, esse não seria o primeiro *look* que escolheria, mas em Almada tudo era possível.

Saiu do prédio, tendo a suavidade triste e sexy do saxofone como companhia. Na esquina, encontrou o responsável pelas voluptuosas notas, um homem jovem, loiro e bonito. Muito bonito. Não tão bonito como seu ex. Mas bem bonito.

Ela parou, retirou alguns trocados da carteira e deixou junto a outros tantos perdidos na maleta preta que, sem dúvida, guardava e protegia o saxofone no final do dia. O músico fez um gesto com a cabeça, agradecendo a gentileza de Ana, que não foi embora antes de deixar também um sorriso para o homem.

★ ★ ★

O aroma das Churrasqueiras encontradas em quase todas as esquinas de Almada acompanhou Ana por todo o tempo em que se aventurava pelas estreitas e curvas ruas do centro da cidade, deliciando-se com a arquitetura antiga e as casas centenárias. Seu amor por construções antigas era uma coisa natural. O pai lhe contara tantas histórias sobre Portugal antigo que caminhar por ali era quase um reencontro.

Nem as nuvens baixas e pouco amigáveis a impediriam de seguir rumo ao próprio destino. Estava bem certa que encontraria um teatro capaz de recebê-la de braços abertos.

"Sabiá é prova de que estou no caminho certo", ela pensou.

Enquanto seguia por ruas esburacadas e quase desertas, Ana observava ao redor como quem observa um cenário. Era tudo tão diferente de sua nativa São Paulo, que poderia estar em outro planeta.

Escutava o assobio do vento que chegava em um som distintamente sexy... suspirando e gemendo alto, quando o entardecer trouxe sombras que emolduraram os contornos dos prédios. Ana parou impelida a ver os detalhes de uma construção de três andares. Havia algo de encantador ali, algo de ontem, algo de romance.

As folhas das árvores estavam cada vez mais agitadas. Uma tempestade se aproximava. Por alguns instantes, discutiu consigo mesma se deveria voltar para casa ou seguir com a aventura. Há muito tempo podia contar com sua liberdade. Mas a solidão era uma escolha, dizia seu pai. Decidiu aventurar-se, buscar um lugar que oferecesse um caldo quente para esquentar-lhe o corpo e que servisse também de um bom abrigo para a chuva que se pronunciava.

Pouco depois, Ana percebeu que a tarefa não seria das mais fáceis. Gordos pingos de chuva a impeliram a caminhar mais rápido e o vento acompanhava, empurrando seu corpo para frente.

"Encontrarei a qualquer momento. A qualquer momento", repetia para si mesma a cada esquina. A chuva aumentava e o número de pessoas reduzia-se drasticamente, deixando as estreitas ruas cada vez mais desertas.

A noite caiu rápido, mas não em silêncio. O vento forte batia em seus cabelos, assobiando baixinho em tom de lamento. Agora, havia um pouco de neblina e o presente que ganhara de Bia ameaçava não suportar as poças que se formavam nas ruas esburacadas.

"Pelo menos, meus sapatos ainda não estão ridiculamente encharcados, ao contrário do meu cachecol." Começou a desenrolá-lo do pescoço quando uma rajada de vento a envolveu e lançou seus cabelos molhados contra o rosto.

A tempestade chegou com toda fúria, deixando-lhe a ridícula sensação de ter feito a mais idiota das escolhas ao deixar-se levar por uma ideia maluca sonorizada por um saxofone.

– Novos tempos... – resmungava. – Novos tempos pedem novas escolhas, Ana – dizia, remedando a si. – Não ideias estúpidas e impensadas.

Um forte clarão seguido de um trovão a fez gritar de susto. Esse caíra bem perto, concluiu, sentindo o coração saltar na boca. No instante seguinte, as luzes da rua se apagaram. Na escuridão, pegou o celular do bolso e o desbloqueou no intuito de improvisar uma lanterna. Era um brilho patético em meio à chuva pesada, mas era a única ferramenta à disposição.

Horror e nojo foram suas reações quando, andando com dificuldade ao longo daquelas ruas marginalmente esburacadas, enfiou a perna até o joelho em um buraco todo cheio de lama.

– Inferno! – bufou consigo mesma. – Agora meus sapatos estão ridiculamente encharcados e eu pateticamente perdida. Deve ser praga da Bia por eu ter ido embora sem me despedir.

Um *flash* de luz iluminou a rua e algumas fachadas lançando sombras assustadoras que fluíram ao redor de Ana. Mesmo uma mulher que possuísse a coragem de um nômade se sentiria amedrontada naquela situação. Olhou ao redor. Nada aberto. Nada seguro. Nada seco.

No fim da rua, uma luz rosa piscou. Ana forçou a visão. A luz rosa piscou mais algumas vezes até acender de vez. Era um letreiro em neon. Não conseguia ler o que estava escrito, mas pouco importava. Aquela luz significava abrigo, calor, companhia.

Sem hesitar, caminhou a passos largos até se aproximar o suficiente para conseguir reconhecer as letras. A primeira estava apagada, mas certamente o letreiro informava: *Theatro.*

Ao contrário do prédio do Municipal, esse tinha apenas uma grande porta escura rodeada de restos de cartazes amarelados, rasgados e porcamente colados às paredes deterioradas e estampadas por pichações. Dava impressão de que ninguém frequentava o lugar há muito tempo.

O som de uma porta rangendo chegou aos ouvidos de Ana. Ela limpou o excesso de chuva no rosto enquanto averiguava de onde teria saído tal barulho. Encontrou uma pequena porta entreaberta na lateral direita da entrada principal e identificou uma fraca fonte de luz sobre ela. A porta rangeu de novo e abriu de leve, denunciando a falta de travas.

Ana espiou ao redor, estudando sua situação. Já devia ter andado alguns bons quilômetros desde que saíra do apartamento – distância que os belos e altíssimos saltos não a deixavam esquecer. Depois que a chuva começou, sua mente ficara tão focada em encontrar um lugar seguro para se abrigar que nem se dera conta para onde ia. Não tinha a mínima ideia de como encontrar o caminho de volta para casa em meio àquela escuridão. O que não era motivo suficiente para se meter em um lugar desconhecido só porque a porta estava entreaberta!

Apontou a lanterna improvisada com o celular de um lado para o outro à procura de algum sinal que indicasse aonde ir. Outro relâmpago acompanhado de um trovão estourou próximo a ela.

Na mesma hora, os sapatos encharcados botaram-se a correr em direção à porta semiaberta. Um convite grande demais para ser recusado. Ana mal passou por ela e a fechou atrás de si. Deixou o corpo apoiar-se na parede ao lado. Seu coração dava saltos e mais saltos, dificultando a respiração. Fez esforço para encher os pulmões de ar e logo o soltou, empurrando-o para fora. Na tentativa de se acalmar, imaginava que ele fluía para o céu, espantando o medo.

"Tola", criticou a si mesma, enquanto cruzava os braços sobre o peito e tentava raciocinar com calma.

Em frente, havia apenas um longo corredor. A iluminação era pouca, mas em comparação ao breu que ela vinha enfrentando lá fora, até lhe pareceu um lugar amigável. Sabia ser tolice seguir em direção ao desconhecido quando havia uma escolha. A perspectiva de passar a noite, toda molhada, dentro de um antigo teatro abandonado não era agradável, todavia não podia ficar vagando, perdida no meio da tempestade.

Usando a luz do celular, Ana encontrou na parede ao lado da porta um interruptor e o apertou. Uma luz fria surgiu, iluminando o corredor por completo. Não havia nada ali. Definitivamente, era apenas uma passagem. Ana guardou o celular e abriu a porta. Conferindo a violenta e sonora tempestade, concluiu que ficar ali parada não ajudaria em nada. Seguiu pelo corredor. Após uma estreita curva, encontrou uma pequena porta de madeira rústica. Bateu. Sua natureza recatada a faria esperar um pouco mais, porém a tempestade lá fora lhe concedeu a coragem para não esperar nem mais um segundo. Bateu de novo. Ninguém respondeu. Começou a abrir a porta.

– Olá? – chamou baixinho.

Ninguém respondeu. Abriu-a por completo e percebeu que estava no *hall* do teatro.

Uma luz entrava através das amplas janelas do *hall*, iluminando uma série de fotos emolduradas nas paredes. Ana se aproximou e percebeu que eram imagens amareladas e empoeiradas. Ainda não conseguia ver do que se tratavam. Desbloqueou novamente o celular e apontou a luz para o quadro. Passou a mão no vidro para limpar a poeira. Um trovão a fez saltar para trás de susto. Em meio ao movimento brusco, seu sapato enroscou no assoalho, quebrando o salto, fazendo-a perder o equilíbrio e começar a tombar para trás. O estômago acompanhou o movimento como se fosse um passeio na montanha russa.

Contudo, antes que se estatelasse no chão, Ana teve o corpo envolto por braços fortes que interromperam a queda. Ela se desvencilhou rápido do estranho e apontou o celular para ele. Sua lanterna improvisada iluminou o rosto másculo de um rapaz jovem e alto.

– Desculpe-me! – começou ela. – A chuva estava... aí eu fui entrando... E... desculpe. Não costumo invadir lugares...

– Você está toda molhada! – Ele pegou uma toalha que carregava no ombro nu e entregou para ela. – Tome. Enxugue-se!

– Obrigada.

Ana pegou a toalha sem conseguir deixar de observar as mãos fortes dele. Enquanto enxugava o rosto e os cabelos, seus olhos percorreram o peito inflado do rapaz, que a fitava com olhos curiosos.

– Não fiquei lá fora por mais de uma hora e quando volto tenho visitas? – ele disse, retirando da cintura um cinto cheio de bolsos abarrotados de pequenas ferramentas. Ajoelhando-se, ele colocou o cinto de utilidades no chão e entre abrir alguns daqueles bolsos e retirar pequenas peças metálicas, colocando-as no chão, o rapaz continuava olhando para Ana de um jeito nada discreto.

Esculturas, modelagens ou qualquer estilo de plasticidade não eram exatamente o tipo de coisa que Ana se interessava, mas não tinha dúvidas de que aquele belo exemplar de homem poderia ser uma réplica de qualquer estátua grega apolínea. O físico era parecido com o de seu ex-namorado, Sérgio. As costas largas deixavam seu tronco formando um triângulo. Triângulo esse que, como o das Bermudas, fizeram Ana perder-se completamente. Seus olhos deslizavam pelo corpo do jovem português de um jeito incontrolável. Mesmo gelada pela água da chuva, sentiu o rosto esquentando.

– O que faz aqui? – O rapaz, ainda ajoelhado e segurando um pequeno martelo, parecia procurar algo entre os inúmeros pregos e parafusos que espalhara pelo chão.

– É... Desculpe entrar assim. Eu...

O rapaz sorriu, deixando Ana desconcertada. Os lábios dele eram carnudos demais para serem de verdade.

– Eu sou o Pedro – o rapaz se apresentou, estendendo-lhe a mão amigavelmente.

– Ana. Muito prazer! – ela o cumprimentou sem conseguir descolar os olhos dos lábios dele. – Desculpe por entrar assim, mas não posso lhe dizer o quanto fiquei estimulada quando vi seus lábios... Quero dizer aliviada! Aliviada quando vi a sua luz.

Pedro sorriu ao ver a maneira desastrosa como ela estava se explicando. Mas não comentou nada.

– Sorte sua ter luz. Acabei de consertar. É uma grata surpresa ela estar resistindo à tempestade. Venha. Lá dentro é mais quente e no camarim tem um secador de cabelo. Melhor tirar os sapatos.

– E vou ficar descalça?

– Você quem sabe. Ou isso, ou vai ficar manquitolando por aí!

Ana olhou para seus pés e viu que o moço tinha razão. Tirou os sapatos encharcados e deformados, um deles completamente destruído.

– Tá certo. Onde tem um lixo?

– Logo ali – apontou.

Com um suspiro, Ana jogou o que havia sido – por pouco tempo – um lindo par de sapatos na lata do lixo.

★ ★ ★

Pedro saiu em direção a uma pequena porta. Ela foi atrás, aproveitando para conferir os detalhes do rapaz. Vinte e poucos anos, sem aliança e um maxilar lindo que vinha acompanhado de um queixo quadrado digno das mais quentes fantasias amorosas. Bia diria que é o tipo de homem que as mulheres gostam. Se todas gostavam, Ana não saberia dizer, mas ela se interessara bastante por aquela pintura divina, isso não conseguiria esconder. O pior é que ele lembrava-a demais de Sérgio. O fim daquele namoro foi uma mola propulsora para ela largar tudo no Brasil e tentar uma vida completamente diferente e nova. Não suportava mentiras, muito menos ser traída. Concentrou-se em Pedro, nos corredores pelos quais estavam andando e tentou se esquecer do safado do Sérgio.

No fundo do teatro, entraram em uma pequena sala composta por um sofá, armários e uma mesa encostada na parede.

– Olhe, vou fazer uma chávena de café para nós e o uso deste... – Ele deu um tapinha no sofá e uma leve nuvem de poeira levantou no ar. – Está a seu dispor. Peço desculpas, mas não estamos acostumados a receber visitas. Açúcar?

– Sim, uma colher, por favor.

Sem mais palavras, foi até o armário e se abaixou, abrindo a parte inferior do gabinete. Ana ouviu o que lhe pareceu ser o som de líquido caindo em um copo e o tilintar de uma colher.

– No momento, você precisa mais de um uísque do que de um café! – ele disse, colocando o copo embaixo do nariz dela.

– Obrigada – Ana murmurou desconfiada.

Ela não deu um golinho delicado, mas virou o líquido de uma só vez, permitindo que o calor trouxesse seu corpo de volta ao normal. Então, devolveu o copo vazio para ele.

Pedro olhou para o fundo do copo e deu um meio sorriso que o deixava ainda mais sexy.

– Quer mais um?

– Não, obrigada – ela replicou de modo corriqueiro.

– Pode ficar até a chuva passar. Mas eu tenho um trabalho para terminar...

– O que você está fazendo?

– Consertando o forro do palco. Amanhã cedo tem ensaio.

– Ensaio? Isto aqui ainda funciona?

– Isto?

– Desculpe. O teatro ainda funciona?

– Aos trancos e barrancos. Tem até um grupo residente. São do teatro comunitário. Não dá dinheiro, mas eles não desistem. No momento, estão se preparando para o espetáculo de Natal.

– E você trabalha aqui há muito tempo?

– Para mim, isso é um trabalho temporário. Faço a mesma coisa aqui e em outros teatros, enquanto não encontro minha verdadeira vocação. O importante é ter um trabalho que pague as contas e me permita sobreviver. Bem... Ana, certo? – Ela fez que sim com a cabeça. – Eu não demoro.

– Posso te acompanhar?

– Claro!

Ela o seguiu. A escadaria com tábuas de madeira faltando não tiraram de Ana a sensação de encantamento. Chegando à plateia, com cadeiras velhas e quase sem estofamento, ela sentiu o estômago gelar e um leve sorriso lhe escapou dos lábios. Até o palco nu e com uma série de fios pendendo do forro pareceram-lhe algo mágico. Ela quase comentou isso com Pedro antes de deter-se por um segundo.

"Ele acharia ridículo!", pensou.

– Pode sentar-se aí. – Interrompendo os pensamentos de Ana, indicou as poltronas da plateia. – O banheiro fica do outro lado – informou sabiamente, saltando para cima do palco com destreza.

– Muito obrigada. Acho que vou dar um pulinho lá – ela murmurou, ouvindo a madeira do palco ranger a cada passo dele.

Pedro movia-se como um gato pelo espaço como se encenasse uma peça só para ela.

Ao voltar do banheiro, ficou em silêncio, observando-o trabalhar. Algum tempo depois, ele gritou do fundo do palco:

– O que você fazia por esses lados?

– Bem, acabo de me mudar.

– Percebi pelo sotaque.

– Procuro um trabalho. E não é de faxineira, fique sabendo.

Pedro riu.

– Aqui não temos faxineira. E também não temos dinheiro para pagar por uma. – Pedro estendeu o braço mostrando ao redor. – Definitivamente, não temos dinheiro para quase nada. O pouco que vem de doações, eles usam para a montagem do Natal.

– O que estão montando?

– *Cinderela.*

O coração de Ana disparou. E agora? Esse era um sinal para ficar ou para fugir de lá?

Pedro saltou do palco, caindo bem diante dela.

– Sou o único no teatro comunitário com um salário. Não é grande coisa, mas ajuda a completar o dinheiro do aluguel.

– E os outros?

– Você quer dizer os atores, o diretor e o produtor? – Ana fez que sim com a cabeça. – Esses aí fazem teatro por amor. Por amor... – Ele riu baixinho, deixando escapar certo sarcasmo. – Se fizessem por amor, montariam Shakespeare. Mas também não posso dizer que fazem malfeito. Eles não têm grana, mas se esforçam bastante.

– Eu aceito!

– Aceita o quê?

– Trabalhar aqui.

Pedro sorriu e, sentando-se no palco, pareceu admirar Ana.

– Aqui? Em um teatro caindo aos pedaços? Sem dinheiro? E pior: no espetáculo *Cinderela*?

– Sim, adoraria. E você não imagina o quanto.

– Eu não costumo me esquecer das coisas. De qualquer maneira, por favor, confirme se eu disse que eles não têm dinheiro para pagar ninguém.

– Sim, você disse. E repetiu. Não se preocupe, Pedro. Eu não preciso de dinheiro. Recebo uma pequena quantia mensal dos investimentos do meu pai suficiente para eu sobreviver. Só quero trabalhar aqui. – Ela correu o olhar ao redor, contemplando os detalhes do seu sonho.

Não era exatamente como havia imaginado, mas era um teatro. Era um teatro que montava a peça *Cinderela*. E mais, era o teatro que tinha o mais belo dos cenários, um Pedro de corpo imenso e escultural.

– Você pode voltar amanhã à noite?

– Sim, posso.

– Tomara que goste de trabalhar com aqueles dois.

– Quais dois?

– Tiago é o produtor e Ricardo, o diretor.

– O que há de errado com eles?

– Ricardo só pensa nele. Diz que esse espetáculo será sua obra-prima. E só faz repetir isso aos quatro ventos. Já Tiago, como todo produtor, quer ser eficiente demais, prestativo demais e pontual demais. Para qualquer coisa que aconteça ele grita: "Não reclama, olha o *Excel*, os números não mentem, não podemos aumentar nossos custos". – ele desabafou com uma careta de desagrado.

– Você quer me assustar? Ou não quer que eu volte?

– Nem uma coisa, nem outra.

– Pedro, trabalhar no teatro é meu sonho desde menina. – Surpreendeu-se ao confessar isto de maneira tão rápida e natural a um estranho. – Você acha que me darão um trabalho?

– Se você não precisa receber um salário ou qualquer outro tipo de compensação, considere-se empregada.

Ana desceu o olhar, admirando os contornos de Pedro e percebeu que o emprego não era o único motivo para querer voltar na noite seguinte.

Capítulo 4

Ana nunca imaginou que seria tão facilmente aceita por Tiago, o produtor, que só fazia repetir "não temos dinheiro, não temos dinheiro", mas foi só ela dizer que dinheiro não importava para ele lhe arrumar o que fazer na hora.

– Pedro! – Tiago gritou. – Pedro!!! – repetiu mais alto.

Pedro entrou tranquilamente pela porta, contrastando com os movimentos curtos e nervosos do produtor.

– A moça aqui vai ser contrarregra.

– Isso quer dizer o quê, Tiago?

– Que ela vai fazer qualquer coisa que os atores precisem, no palco ou fora dele. Até buscar café.

Pedro olhou para Ana, que concordou com a cabeça.

– Pedro! – Tiago pediu. – Mostre para ela todo o teatro. De cima abaixo. Não deixe faltar nada. Eu já expus a nossa atual situação financeira, porém sempre que necessário, lembre-a de economizar no que for preciso.

– Pode deixar. Acho que esse detalhe você dirá a ela mais vezes do que o necessário nos próximos dias.

– Muito engraçado! – Tiago completou. – Posso parecer, ou ser, o chato da produção. Contudo, é graças a isto que ainda estamos funcionando. Não há talento em cima de um palco que resista à falta de recursos. E todos os recursos necessitam de dinheiro. Agora, vão logo, que tempo é dinheiro.

– Obrigada mais uma vez pela oportunidade! – Ana agradeceu e foi atrás de Pedro, que já saía da sala.

Alguns metros depois, Ana o alcançou.

– Espero que saiba onde está se metendo, garota! – Pedro advertiu.

– Sei muito bem. Obrigada por se preocupar. Posso parecer frágil, mas não tenho medo de trabalho pesado.

– Acredito que o trabalho será o menor dos seus problemas por aqui.

– Não entendi. Que problemas eu poderia ter?

Pedro interrompeu a caminhada. Segurou nos ombros dela com as duas mãos. Ana sentiu as pernas fraquejando. Seus rostos estavam a poucos centímetros.

– Não é preciso muito tempo para notar que você é ingênua. O Tiago, o Ricardo e os atores irão fazer gato e sapato de você. Não seja boba. Uma coisa é ser prestativa e trabalhar pesado, outra, é deixar-se levar por eles. Não seja boba. Não se deixe iludir. O teatro é uma grande ilusão, não o deixe ser fora do palco também.

Ana concordou com a cabeça. Pedro tinha razão. Aproveitar-se da boa vontade dela sempre fora fácil. Durante toda sua vida isso acontecera. Porém, o que via agora, ela poderia jurar que seria o maior de seus problemas ali. Conter-se diante daqueles lindos olhos verdes.

★ ★ ★

Conforme os dias se passaram, Ana aprendeu as preferências das atrizes, onde os figurinos ficavam, quem precisava escovar os cabelos antes de entrar em cena e quem sempre reclamava de tudo. Logo se aproximou de Rúbia, a jovem atriz que interpretava Cinderela.

Em uma tarde de ensaio geral, enquanto Ana ajudava Rúbia a vestir o belo traje de baile da Cinderela, a amiga comentou.

– Acredita que ainda estão falando dele?

– Hum? – Ana continuou a trabalhar. Ajeitava os babados da parte de trás do vestido.

– Elas continuam falando dele.

– Dele?

– De quem você acha que eu estou falando, Ana? Somos amigas há pouco tempo, mas te conheço muito bem. Você não consegue disfarçar suas emoções.

Seguiu-se um longo suspiro de censura. Ao ouvi-lo, Ana teve de se esforçar para não rir. Sabia exatamente sobre quem Rúbia estava falando.

– Do irresistível Pedro! – Rúbia disse. – É dele que eu estou falando. Eu e todas as mulheres em um raio de quinhentos quilômetros desse teatro.

– Deixe de ser exagerada, Rúbia. Parece que estamos na presença de um deus grego!

– E não estamos? Não existe um ser feminino que eu conheça que não esteja se perguntando sobre as preferências dele. Ele começou a trabalhar aqui já tem uns meses, mas nunca respondeu às investidas de nenhuma das atrizes. Acho que ele é um moço.

– O que é isto, Rúbia? É claro que ele é um moço.

– Tadinha. Tão inocente. Aqui em Portugal, moço é uma palavra um pouco depreciativa. Ao chamar alguém de moço, você está querendo dizer que ele ainda não virou senhor, que ainda é virgem, que não serviu o Exército, é um sujeito que não deu certo na vida.

– Meio radical essa avaliação dele, não acha não?

– Que nada! Estão até dizendo que ele é *gay!* Reparou nisso?

– Tenho andado muito ocupada. – Ana levantou a vista e arriscou olhar para Rúbia, que estava se admirando no espelho, enquanto escovava os cabelos longos e loiros.

– Ocupada? É impossível não reparar em um homem de quase dois metros de altura, costas em formato de triângulo e um belo, belíssimo bumbum.

– Mal tenho notado a presença dele.

Rúbia revirou os olhos, parecendo não acreditar no que estava ouvindo.

– Não me venha com essa história, Ana. Notou a presença dele, sim. Pensa que não vejo seus olhos medindo cada centímetro daqueles músculos?

– Que músculos?

– Que músculos? – Rúbia deixou a escova de cabelo sobre a mesa e colando as mãos na cintura, mostrou-se indignada. – Não ter reparado nele é como estar em uma ilha deserta de um metro de diâmetro no meio do oceano e não ver toda a água que a cerca. Deixe-me explicar o que são os músculos de Pedro.

– Vá em frente. Adoraria ouvir sua explicação técnica sobre o assunto. – Ana riu para a amiga.

– Os músculos dele são pedacinhos de carne esculpidos por Deus. E, como você mesma disse, neste caso, foram os deuses gregos que os esculpiram. Em resumo, algo excitante demais para você não reparar! – Ela afirmou, voltando a pentear os cabelos.

A porta do corredor dos camarins se abriu e Pedro entrou.

As duas reviraram os olhos, atenta aos movimentos dele. Pedro estava carregando uma espécie de mochila de ginástica e trajava jeans e camiseta pretos. Passou por elas lançando um desinteressado "oi", deixou a mochila sobre um banco e foi embora.

– Ninguém consegue ter aqueles ombros comendo batatinhas fritas e bebendo cerveja por aí. – Ana balbuciou.

– A-ha! – Rúbia estalou os dedos no ar. – Você está interessada.

– Não estou morta, Rúbia. Ele é lindo de morrer. E como se não bastasse isso, aquele ar misterioso e o traseiro perfeito moldado no jeans justo... Ai… – Ana levantou as mãos no ar. – O que mais uma mulher pode fazer, senão fantasiar?

– E por que só fantasiar? Por que não conversa com ele, o chama para ir ao cinema ou vai logo ao que interessa e o convida para um jantar na sua casa? Tente descobrir se ele é solteiro, se gosta de mulheres... Se… – Rúbia se interrompeu, levantando a cabeça, em alerta. – Ricardo está chamando.

– Eu não ouvi nada. – Ana virou a cabeça na direção da porta. Concentrou-se, mas não ouviu nada.

– Está, sim. Tenho certeza. Deixe-me ir antes que ele tenha um chilique. Sujeito irritante.

Rúbia correu para o palco e Ana ficou lá, fantasiando como poderia descobrir se Pedro era *gay* ou não.

"*Gay* ou não, o que ela poderia fazer? Ele era bonito? Sim. Ela se interessaria por ele? Sim. E ele, se gostasse mesmo de mulheres, se interessaria por ela? Ao certo não!", respondeu mentalmente. "Preciso me convencer de que não tenho por que ficar fantasiando com Pedro. Ele é bonito demais para a 'miss toda nudez será castigada'".

Ana sacudiu a cabeça afastando a lembrança.

"Tempos felizes, Ana. Tempos felizes!", gritou mentalmente consigo mesma.

– Então… Por que você não está lá no palco paparicando as atrizes?

O coração de Ana veio à boca. Pedro entrou no camarim, interrompendo seus pensamentos. Usava apenas uma toalha minúscula enrolada na cintura, tinha os cabelos molhados e água escorrendo de leve sobre o peito.

– Eu... eu... não paparico atrizes – gaguejou, tentando frear a necessidade de olhar para o corpo dele.

– Oh… não? Não era o que você fazia há pouco? – Ele abriu a mochila e começou a retirar algumas roupas.

– Não. Rúbia é minha amiga e cuidar do figurino dela é meu trabalho. Por sinal, meu trabalho é cuidar das atrizes e do local de trabalho delas. Logo, vista-se e saia do camarim. Elas precisarão do espaço que o senhor e suas tralhas estão ocupando.

– Afinal, por que você veio trabalhar aqui?

– Adoro essa magia.

– Aposto que você sonha em ser atriz.

– Hum... talvez – Ana concordou, mesmo sabendo que aquilo era uma mentira que contava para si mesma. Nunca voltaria a subir em um palco novamente. Nunca!

– Para trabalhar nesse tipo de coisa é preciso muito mais do que você demonstra.

– O que você quer dizer com isso?

– Que você é muito quieta. Não parece alguém que deseja tornar-se atriz. Para isso, precisa ser exuberante, ter uma boa veia artística e ter praticidade o suficiente para se livrar dos problemas. Repare nessas garotas espevitadas. Você é muito certinha para ser atriz.

Pedro vestiu uma camiseta vermelha e a calça jeans surrada que usava para trabalhar. Desenrolou a toalha da cintura e jogou em Ana, atingindo seu ombro e peito.

– Guarda pra mim.

Ana jogou de volta para ele.

– Está guardada, senhor.

Pedro riu e Ana correspondeu. Em seguida, ele tirou um pacote de biscoitos da mochila e se encostou à porta.

– Quer? – Ele abriu o pacote.

– Sim, obrigada. – Ela se aproximou e pegou um biscoito.

– É isso mesmo o que você quer?

– Eu preferiria que fosse de limão ou até de doce de leite, para dizer a verdade. Mas de chocolate também serve.

– Não é isso. Quero saber se você gosta mesmo de servir a essas "metidas a famosas"?

– Não me importo de servir. Estou vivendo meu sonho, lembra?

– E alguém sonha em servir as atrizes de um grupo comunitário que vão atuar em uma bobagem chamada *Cinderela*?

– Bobagem? *Cinderela* é incrível. É perfeito. É tudo o que eu sempre sonhei. Eu adoraria ser a Cinderela.

Assim que se ouviu confidenciando algo tão particular, Ana nem acreditou.

– O que há de errado com as garotas de hoje? – Ele riu baixo. – As mulheres lutaram por décadas para terem seus direitos conquistados. Foram às ruas contra toda a opressão machista tanto no mercado de trabalho quanto em casa. Sofreram inúmeras humilhações e retaliações para chegarem onde chegaram. E, agora, tudo o que vejo nas novas gerações, a da senhorita está inclusa , é o sonho infantil de ser uma princesa frágil dos contos de fadas para crianças!

– Desculpe. Não era minha intenção ofendê-lo tanto. Estou apenas exercendo o meu direito de ser sincera e sonhar com o que eu quiser! – Ana pegou outro biscoito e o comeu.

– Com esse diretor? Ele é conhecido por ter a mania de olhar o próprio reflexo nos talheres para se certificar de que continua "irresistível" e poderoso como era nos seus tempos de sucesso.

– Eu não me importaria. Estar no palco deve ser demais.

Pedro arqueou uma sobrancelha.

– Como é isso exatamente?

– Ah, você sabe... – Ana desviou o olhar. – Estar no palco deve ser ótimo.

– Se você pensa assim, não te ocorreu se candidatar a uma vaga de atriz, em vez de contrarregra?

– Claro que me ocorreu. A vida inteira. – Ana tapou de leve a própria boca, admirada com o excesso de sinceridade com que se comportava quando estava ao lado de Pedro. – Mas acho que o palco não é meu lugar.

– Por quê?

– A vida me ensinou que é melhor ficar aqui, segura, na coxia. Sabe como é?

– Não, não sei. Como é? – Ele a encarou sorrindo.

"Ele é realmente encantador", ela ponderou, admirando o brilho de curiosidade nos olhos verdes de Pedro. Desceu um pouco o olhar até encontrar os lábios carnudos dele. Flagrou-se imaginando como seria provar o sabor daqueles lábios apetitosos. O tipo de pensamento que poderia ser definido como pura loucura.

Era isso que acontecia quando ela se dava a liberdade de ficar comendo biscoitos de chocolate no camarim com um lindo homem capaz de fazê-la ver o mundo sob uma nova perspectiva e revelar seus maiores sonhos. Mesmo aqueles dos quais ainda não tinha certeza. Uma perspectiva que, para ela, ainda oferecia riscos.

Lembrou-se do teatro apagado, negro como a noite. Seria sua estreia no palco do colégio. Ao som do terceiro sinal, o coração de Ana saltou. A qualquer momento, o palco seria seu. Mas não. Em poucos segundos, seu sonho se transfigurou em desespero. Um empurrão a fez cambalear pelo palco apagado, e a toalha enrolada em seu corpo soltou-se. Ana se abaixou, tateando o assoalho à procura da única vestimenta que usaria na primeira cena. Não houve tempo. Quando as luzes se acenderam, ela estava sozinha no palco. Sozinha e seminua. Nas coxias, os colegas do terceiro ano apontavam para ela e riam. Para qualquer lugar que olhasse, só encontrava gargalhadas e deboche. Ana queria fugir, mas o corpo frio e paralisado não deixava.

– Ei! Está aí?

Quando Ana se deu conta, Pedro estava com o rosto bem perto do dela, fitando-a como se procurasse alguma coisa. Os incríveis olhos verdes fizeram-na hesitar por um instante. Em seus pensamentos, ouvia um aviso sussurrado, algo como um lembrete de que aqueles olhos cor de Esmeralda, prometendo uma noite de prazer, poderiam trazer consigo o alto preço da dor.

– Ana! Está aí?

Ela mordeu os lábios de propósito. Recuperou-se.

– Sim, estou, onde estaria? Bom, deixe-me trabalhar, Pedro.

Dizendo isso, pegou todo o pacote de bolachas de chocolate e seguiu em direção à porta dos camarins onde outros figurinos a esperavam.

– Ei... minhas bolachas!!!

Mas Ana fingiu não ouvir.

Capítulo 5

– Fale de você, Ana   Ricardo pediu.

O diretor a chamou para uma conversa e se ofereceu para passar no apartamento dela ao entardecer. Ana estava nervosa com Ricardo tão perto, devido às proporções mínimas da cozinha do seu apartamento. O que será que ele queria? E por que não conversar no teatro? Tentava disfarçar o nervosismo preparando um chá. A princípio, pensou em fazer café, mas energia era algo que não queria dar àquele homem em seu apartamento. Um chá de camomila, sem dúvida, seria bem mais adequado. Mas não tinha camomila. Tinha outro chá qualquer. E seria este que ela iria servir.

Ana colocou uma antiquada chaleira de ferro no fogão para ferver a água.

– Você acredita em reencarnação? – ele perguntou antes mesmo de conseguir falar a respeito dela como ele pedira.

– Se acredito? – Ana repetiu. – Bem, acho que acredito que tudo é possível. Então... é... acredito. Ou mais ou menos isso. De qualquer forma, creio em algo a mais. Por quê?

– Ah, e o que acha da frase "a qualquer momento o destino pode bater à sua porta"?

Ana não soube o que responder de imediato. Onde ele queria chegar? Um incômodo silêncio caiu entre eles.

– Não. Não responda –Ricardo disse. – As melhores frases são aquelas não pronunciadas, assim como as melhores obras são aquelas não escritas. – Ricardo olhou para o teto, pensativo. – Talvez você tenha um carma bom ou algo assim. Você acredita que existe um carma bom?

Aquilo ficava cada vez mais estranho.

– Olhe, do jeito que as coisas estão indo, acho que, se existe um carma, não é muito bom não... – Ana retorquiu sem pensar.

Balançando a cabeça em desacordo com as próprias palavras, Ana mediu as ervas para o chá. Nunca tinha pensado na existência ou não do carma, então por que havia respondido daquele jeito? E por que não poderia existir uma espécie de carma bom? Freou os pensamentos por um instante. Por que não poderia existir um carma que agisse a seu favor? Novos tempos significavam novas respostas.

– Acredito em carma bom! – ela voltou a falar.

Ricardo arregalou os olhos denunciando seu interesse no assunto.

– E eu acredito que você tenha um carma bom. Puxa, mas isso é interessante! – disse, agora com jeito contemplativo. – Talvez você tenha sido uma bruxa em outra encarnação.

Ana olhou para trás e sorriu antes de encher o bulezinho de chá com água quente.

Ela acrescentou o bule à bandeja, onde arrumara as xícaras, um pote de adoçante e um açucareiro, esses dois no formato de caveiras sorridentes.

– Deixe que eu levo a bandeja – Ricardo se ofereceu.

Ela guiou o caminho até a saleta de estar, onde Sabiá enroscava-se no meio do sofá. Ana escolheu o lugar ao lado do gato e fez um gesto para que Ricardo deixasse a bandeja na pequena mesa de centro.

–Açúcar? – ela perguntou.

– Sim, obrigado. – Observando-a usar os recipientes, ele sorriu. – Aposto que você dá boas risadas na época do Halloween.

Ela ofereceu-lhe uma xícara.

– É, talvez eu tenha sido mesmo uma bruxa em outra encarnação. – Ana forçou um sorriso simpático. Não sabia o que Ricardo fazia ali e agora começava a ter receio daquela conversa sobre bruxas, carmas e destino.

– Você passou o último Dia das Bruxas aqui?

– Não.

– Nessa região da cidade, as crianças gostam desse tipo de brincadeira. Vestem fantasias e saem por aí gritando "doçuras ou travessuras".

– Adoro o Dia das Bruxas! E meu pai adorava também. Desde criança esse era o dia mais esperado do ano. Eu costumava me fantasiar para receber as crianças do meu bairro. Mas eu fazia mais um estilo de bruxa diferente. Creio que algumas crianças ficavam desapontadas ao não ver um chapéu pontudo.

Ana sentou-se na ponta do sofá para servir um pouco mais de chá.

Encheu as duas xícaras perguntando-se quando aquela conversa estranha de bruxas iria acabar.

– A maioria das pessoas tem uma ideia preconcebida acerca das feiticeiras. Ou pensam na velha encarquilhada de nariz adunco oferecendo maçãs envenenadas, ou no espírito resplandecente com uma varinha de condão com estrela na ponta, dizendo que não há lugar como o lar.

– Receio que não me encaixe em nenhuma dessas categorias. Nem no dia das bruxas eu me pareço com uma bruxa!

– É exatamente por isso que eu preciso de você. – Ele colocou a xícara na mesa e abriu a mochila. Tirou de lá uma cópia do roteiro. – Quer ver?

– É claro.

– Passei o dia debruçado sobre os livros, na biblioteca e nas livrarias. – Retirou da mochila um livro fino, de capa macia, e passou-o para ela. – Veja isso primeiro. O que pensa sobre o assunto?

Arqueando a sobrancelha, Ana leu o título: *Fama, Fortuna e Romance: Rituais com Velas para Todos os Usos*. Jogou o livro no colo dele, com força suficiente para fazê-lo encolher-se.

– Espero que você não tenha pago muito por isso – comentou, levantando-se indignada. Não sabia explicar, mas algo naquele homem a deixava muito irritada e sem os freios da educação.

– Seis euros e noventa e cinco centavos, fora as taxas. Então, você não faz esse tipo de coisas?

“Paciência!”, ela disse a si mesma. “Você está tentando viver o seu sonho, lembre-se disso.”

Ana tentava se convencer a não chutar Ricardo para fora do seu apartamento, quando percebeu que o olhar dele não era de zombaria ou chacota.

Sentou-se ao lado de Sabiá. Para contrária-la, ele saltou do sofá e correu para o quarto.

Ana tirou os sapatos e, dobrando as pernas sobre o sofá, esticou o olhar até o livro nas mãos de Ricardo. A saia vermelha e curta que usava subiu até o meio das coxas, mas ela nem se preocupou. Estava mais interessada em saber por que Ricardo a chamava de bruxa e ainda complementava mostrando um livro qualquer com feitiços ridículos.

– Acender velas e recitar cânticos engraçadinhos. Você acredita mesmo que um leigo qualquer seja capaz de realizar magia lendo apenas um livro? – ela perguntou.

– Você tem de aprender em algum lugar.

Resmungando mentalmente, Ana pegou o livro e o abriu. Ainda não conseguira imaginar por que Ricardo conectara tudo aquilo a ela.

– Para provocar ciúme. – Leu, enojada, mas não demonstrou. – Para conquistar o amor de uma mulher. Para obter dinheiro. – Tornou a fechá-lo com força. – Pense bem, Ricardo, digamos que isso funcione, coisa que não acredito, e, antes de continuarmos, já quero deixar bem claro. Agora, imagine que você esteja sem dinheiro, com as contas se acumulando. Você queria muito comprar um carro novo, mas seu crédito está estourado. Então, acende algumas velas, faz um pedido, talvez até dance nu para acrescentar algum efeito. E... abracadabra! – Ela levantou os braços. – Você recebe um cheque de dez mil euros. O único problema é que sua adorada vovozinha teve de morrer para lhe deixar o dinheiro.

– Tudo bem, entendo o seu ponto de vista. Ele faz todo sentido para mim também.

– Raciocine comigo! – ela disse, fazendo uma careta de impaciência. – Todos os atos têm consequências. Alguém deseja que o marido seja mais romântico. Shazam! Subitamente ele se transforma em um autêntico *Don Juan*... com todas as mulheres da cidade. Mas digamos que você seja do tipo nobre e faz um encantamento para acabar com a guerra. O feitiço dá certo, a guerra termina, mas, como resultado, dezenas de outras guerras explodem. – Ana emitiu um suspiro. – A magia, se é que ela existe, não é para os despreparados ou irresponsáveis. E, certamente, não pode ser aprendida por meio de alguns livros tolos.

– Ok. – Com o semblante de quem concordava com este raciocínio, Ricardo estendeu as mãos. – Estou convencido. Mas a questão que eu quis salientar é que pude comprar este livro em uma livraria por sete euros. Significa que as pessoas estão interessadas.

– As pessoas sempre estiveram interessadas. – Ela virou-se e os cabelos escorregaram pelos ombros. – Já houve épocas em que tal interesse fez com que essas pessoas fossem enforcadas, queimadas ou afogadas. – Ana bebericou o chá. – Somos um pouco mais civilizados, hoje em dia.

– Aí está! – ele concordou. – É por isso que quero escrever uma história sobre este assunto agora. Hoje, temos telefones celulares, fornos de micro-ondas, aparelhos de *fax* e correio eletrônico. Ainda assim, as pessoas continuam fascinadas com a magia. Posso partir de vários pontos de vista. Usar lunáticos que sacrificam bodes...

– Aonde você quer chegar com isso? – Ana interrompeu, vendo que o assunto ficava cada vez mais bizarro.

– O uso de bodes foi apenas um exemplo para mostrar o lugar comum das histórias de magia e feitiçaria. Estive pensando em explorar o mesmo enfoque cômico que usei na peça *Descanse em Paz*, talvez acrescentando um pouco mais de romance. Não apenas sexo.

Sabiá voltou do quarto e subiu no colo dele. Ricardo o afagou, deslizando os longos dedos nos pelos macios do gato.

– Minha ideia é centralizar o enredo em uma mulher, uma jovem deslumbrante que, por acaso, possui "algo mais". Como ela lida com os homens, com o trabalho, com... sei lá, com as compras do supermercado? Ela deve conhecer outras feiticeiras. – Ele colocou o gatinho no chão e segurou as mãos de Ana. – É isso que eu devo fazer agora. Esse é meu carma.

– Do que você está falando? Ainda não consegui entender aonde você quer chegar?

– Vou mudar a peça.

O coração de Ana quase parou.

– *Cinderela*? A nossa peça?

– Nossa não! Minha. Tanto faz. *Cinderela* nunca será um texto à minha altura. Sou um astro, um gênio, um mártir!

– Você não pode fazer isso.

– Claro que posso, sou o diretor. Um astro. Um gênio. Eu posso fazer o que eu quiser!

– Não. Não pode. Eu quero fazer *Cinderela*. Digo... eu quero te ajudar a montar a *Cinderela*. Você não pode abandoná-la.

– Mesmo? – ele perguntou. – Está disposta a trabalhar mais para isso?

Então ali estava. Ela sabia que aquele papo maluco tinha algo a mais.

– Claro.

– Sem receber nada?

– Sim.

– Mesmo acumulando funções?

– Estou, já disse! – Ana soltou as mãos e passou-as nos cabelos. Colocou os fios atrás da orelha, preocupada. Aonde aquela história iria chegar?

– Então, parabéns! Você assumirá o papel de uma das irmãs de Cinderela. Aqui está o texto. – Ele jogou o roteiro que tinha nas mãos no sofá, ao lado de Ana. – Você começa a ensaiar amanhã bem cedo. Decore tudo e não se esqueça de nada. Você sabe bem como fico quando as atrizes não têm nem a capacidade de decorar algumas falas.

Ricardo se levantou e foi em direção à porta. No meio do caminho, parou, e voltou-se para ela.

– Ah! Mas, não deixará de cumprir também suas funções como contrarregra. Bom, pelo menos até encontrarmos alguém que o faça de graça. Viu só? Eu disse que você tinha um carma bom.

Ricardo chegou à porta e a abriu.

– O que aconteceu? – Ana perguntou, apressando-se em chegar até ele. – Por que ganhei o papel?

– Perdemos uma atriz. – Saiu do apartamento e apertou o botão do elevador.

Ana estava incrédula.

– Espere aí. Você comprou um livro e veio com todo esse papo de bruxaria, para pedir minha ajuda na peça?

– Não. Eu não preciso de ajuda. Essa pecinha de Natal é amadora demais para o meu talento. Eu realmente estou com essa outra ideia. Mas se você quiser ocupar o papel da irmã da Cinderela... Talvez as coisas sejam diferentes. Mas se você não quiser, não se preocupe. Bruxas e feitiços me aguardam. Isso, sim, será digno de prêmios.

Ricardo abriu a porta do elevador e foi entrando. Antes que a porta fechasse, Ana gritou.

– Eu aceito te ajudar.

– Eu não preciso de ajuda!

Ana correu até lá e abriu a porta em um ímpeto.

– Então eu aceito o papel da irmã da Cinderela.

– Perfeito! – Ricardo sorriu satisfeito. – Amanhã, chegue com o texto decorado e esteja pronta no dia 23 de Dezembro.

– O quê?

– A peça estreia no dia 23 de dezembro. Ninguém te contou? Garota, você precisa ficar mais atenta ao trabalho. Mãos à obra, minha querida bruxinha.

Ana encarou Ricardo. Sem dúvida, na cabeça daquele homem havia algum parafuso a menos.

– Ana. Feche a porta. Não tenho o dia inteiro para ficar de bate-papo no elevador.

Ana obedeceu.

– Estou perdida! – disse sozinha no *hall*.

Acabava de perceber a encrenca em que se metera. Teria apenas vinte e poucos dias para ensaiar.

"Preciso virar uma atriz de verdade! Já começo a ter calafrios só de pensar! Quem sabe o livro do Ricardo não tem algum feitiço do tipo: 'Para se tornar atriz'. Tempos felizes...", disse mentalmente para si mesma.

Capítulo 6

Ana não planejara encontrar o pessoal naquele fim de semana. Contudo, as novidades trazidas por Ricardo a obrigaram a atravessar a noite acordada, decorando o texto. Apesar de não ter dormido, tomou um belo banho e fez suas tarefas matinais mais rápido do que nunca. Estava cheia de energia, ao certo estimulada pela curiosidade em saber como atuaria nos ensaios.

Quando entrou pela porta dos fundos do teatro, piscando para se acostumar com a penumbra, a primeira coisa que ouviu foi a voz de Pedro.

Aquilo a fez sorrir. O nervosismo até pareceu melhorar um pouco.

– Bom dia, Ana! – Pedro cumprimentou. – Ouvimos dizer que você pegou o papel da irmã da Cinderela.

– Sim! Eu e o meu azar! – falou para disfarçar o quanto gostaria de subir naquele palco. Se fracassasse, já teria sua desculpa pronta.

– Vamos lá, menina. Vai entrar para a história hoje... Será a primeira a ensaiar! – Rúbia disse, encorajando-a.

– Eu farei isso? – Ana não sabia ao certo se estava fazendo aquilo pelo desafio ou pela empolgação de ter conseguido uma chance de atuar. – Tudo bem. Vou ensaiar com vocês.

– Tem certeza? – Pedro perguntou.

Com mais esperança do que vergonha, Ana olhou para Pedro.

– Ela é a Cinderela. – Rúbia brincou. – Ela é quem manda hoje.

Todos riram e chamaram Ana a subir ao palco. Era seu primeiro ensaio no papel da irmã da Cinderela. Só de pensar naquele título, seu estômago gelava de ansiedade. Verdade que não era um grande papel, mas só de estar no palco já era um grande desafio.

– São os tempos felizes chegando, papai. Tempos felizes... – ela murmurou baixinho num cantinho da coxia. – Merda, pai! Ah... E não pense que é feio dizer isso. – Ana riu baixinho. – Aqui, eu aprendi que desejar "merda" é a mesma coisa que dizer "boa sorte". Então... merda, pai! Torça por mim.

Ela se colocou na posição certa no palco e aguardou a autorização de Ricardo para o início.

Assim que as luzes do holofote se acenderam, Ana voltou imediatamente para aquele dia na infância quando atuou em *Cinderela*. Voltou para o exato momento em que a toalha caiu e as cortinas se abriram. O momento em que a escola toda a viu seminua no centro do palco.

Foi ali que tudo começou. Ali ela perdeu os amigos e a autoestima. Todos a acusaram de querer chamar a atenção. As mães das colegas proibiram as amiguinhas de sair com ela. Em seguida, as gozações vieram e ela murchou como uma planta que é afastada do sol.

Ela precisava superar aquilo. Acreditava que aquele seria o dia, mas estava errada.

Ana sentiu a cabeça leve. A luz saiu de foco e tudo girou. Ela foi ao chão.

Houve silêncio por uma fração de segundo, o que só acrescentou mais impacto ao ocorrido. Pedro subiu no palco rapidamente e pegou Ana nos braços.

– Você se machucou?

– Não. Eu estou bem.

Ana tirou os cabelos dos olhos, secou o suor do rosto e massageou o pescoço.

– Era só o que me faltava! – Ricardo irritou-se.

– Nossa, Ana... o que aconteceu? – Pedro perguntou.

– É medo do palco! – alguém disse por perto.

Ana não identificou a voz. E também não ligava.

– Quero ir para casa – Ana replicou.

– Então é assim que vai ser? Prefere se acovardar à glória? – Rúbia provocou.

Ana se sentiu minúscula. Se Rúbia queria estimulá-la com aquilo, o efeito foi exatamente o contrário.

Sem saber bem por que, Ana procurou o olhar de Pedro.

Ele tinha a aparência de um verdadeiro protagonista de novela. Poderoso. Confiante. Os músculos saltando na camiseta apertada.

– O que aconteceu? – ele insistiu.

– Eu vou contar. Só me tire daqui, por favor.

Pedro ergueu Ana nos braços como se ela não pesasse nada. As pessoas abriram espaço e ele a carregou para fora do palco, rumo aos bastidores. Ali, ela poderia se recuperar sem toda aquela gente ao redor.

Ana pode ouvir Rúbia gritando ao fundo.

– Continuem ensaiando, pessoal. Daqui a pouco ela estará de volta.

– É! – Ricardo completou. – Continuem ensaiando.

★ ★ ★

– Fique aqui – Pedro disse para Ana gentilmente. – Sente-se e descanse um pouco.

– Eu sei como isso funciona – Ana murmurou. – Só preciso de alguns instantes e tudo ficará bem.

– Já vi inúmeras pessoas reagindo de diferentes maneiras em cima de um palco, porém, em todos esses anos, jamais presenciei alguém desmaiar antes mesmo de soltar a primeira palavra.

Os olhos dele estreitaram-se, encontrando-se com os dela por um segundo.

– Não foi só o nervosismo, não é? – ele perguntou. – Algo aconteceu naquele palco. Você tem uma história complicada com o teatro.

Mais uma vez, Ana olhou para Pedro. Ele parecia conseguir ler através dela.

– Nervosismo puro – ela mentiu. – Mas não poderei experimentar o orgulho dos vitoriosos se não passar por esse estágio.

– Mentira!

Sim, era. Uma mentira descarada.

Ana desviou o olhar.

Pedro não deixou. Colocou uma mecha dos cabelos dela atrás da pequena orelha e, segurando em seu queixo, a fez olhar para ele.

– Me conte.

E ela contou.

Embora não quisesse que ele soubesse, as palavras fluíram de sua boca sem nada que as represasse. Falou de seu amor pelo teatro, sobre como sonhava em trabalhar com isso desde que se entendia por gente, mas que este sonho tinha ido embora, se esfarelado, quando ainda era uma criança.

Ela ficara seminua no palco. Fora humilhada. Traumatizada para sempre. Sabia que aquilo devia ter sido uma brincadeira de mal gosto de alguém, afinal, crianças são crianças. Mas o ocorrido tinha cravado suas unhas profundamente nela.

– Você precisa superar! – ele concluiu.

– Eu sei.

– Tem uma boa chance aqui.

Ela baixou os olhos.

– Chegou a hora, querida. – Os lábios dele mantinham um sorriso, enquanto tentava acalmá-la.

A agitação de Ana foi diminuindo gradualmente. Sua respiração foi voltando ao normal. Era como se o sorriso de Pedro fosse capaz de hipnotizá-la.

– Tem razão – ela balbuciou baixinho.

– Você está indo bem. Está tudo bem, minha pequena.

O olhar dela subiu até encontrar o dele.

– Estamos fazendo algo mais aqui, Pedro? – Ela perguntou e surpreendeu-se com a coragem de fazê-lo de maneira tão direta.

– Pode apostar! – concordou, beijando Ana de leve na testa.

★ ★ ★

Ana passou a maior parte da manhã com Pedro. Conversaram os mais diferentes assuntos. Houve momentos em que ficaram em silêncio. Embora não se conhecessem há muito tempo, nem a intimidade fosse grande, nenhum deles se incomodou. A companhia era o suficiente quando não havia palavras.

Por duas vezes Tiago veio reclamar com Pedro. Disse que ele estava perdendo horas de reparos e trabalho. Lembrou a célebre frase "Tempo é dinheiro". Em ambas as investidas, Pedro foi direto e afirmou que não sairia de lá. Tudo poderia esperar. Ele estava consertando uma das peças fundamentais da montagem: uma atriz.

Ana sentiu o rosto corar nas duas ocasiões. Depois que perdera o pai, não se lembrava de alguém defendê-la desta maneira.

– Vamos tentar um pequeno ensaio? – ele perguntou, quebrando o silêncio.

Por um instante, Ana quis recusar. Mas sentir o calor de Pedro ao seu lado lhe causava um estranho prazer e também lhe dava forças para ir adiante.

– Se acha que estou pronta...

– Oh, está. Só não sei ao certo se o mundo está preparado para a grande Ana! – Pedro declarou e abriu um sorriso.

Ele podia ser muito gentil quando queria.

★ ★ ★

Ana e Pedro deram a volta e chegaram ao *hall* de entrada.

– Pronta? – ele perguntou.

– Sim.

Deram as mãos e entraram no setor reservado à plateia. A cortina do palco estava fechada. Enquanto caminhavam no corredor entre as poltronas, Ana ouviu as vozes dos atores ensaiando. Logo teria de subir ali e fazer sua parte. Ou melhor, começar a ensaiar para fazê-la.

As cortinas se abriram. Ela notou uma movimentação estranha e intensa no palco entre os outros membros do elenco. Havia dinheiro trocando de mãos.

Ana olhou para Pedro confusa.

– Algumas pessoas apostaram que não iríamos conseguir fazer você subir de volta ao palco ainda hoje.

– Você estava apostando que eu conseguiria ou que não conseguiria?

– O que você acha? – ele piscou com jeito travesso saltando para cima do palco. Estendeu-lhe a mão. Ana aceitou o gesto, entrelaçando seus dedos com os dele. Ele a puxou com força. Mais do que ela julgava que ele tinha. O impulso a fez parar perto dele. Seus corpos se tocaram de leve e ele, imediatamente, segurou-a nos braços.

– Eu sempre aposto em você! – Pedro afirmou.

Ana não sabia dizer se Pedro fora tão querido e atencioso porque se importava de verdade com ela ou se estava interessado em conseguir alguma grana extra. A confusão fez um fogo nascer dentro de seu estômago e explodir em suas bochechas, que logo ficaram quentes.

– E sempre jogo para ganhar. Confio em você. – Ele a soltou.

Rúbia se aproximou. Entregou um roteiro para Ana. Piscou para ela em meio a um sorriso.

Ana desejou saber em que ela tinha apostado. No sucesso ou no fracasso.

– Agora é com você – Rúbia disse.

Ana fechou os olhos. Sentiu um arrepio de antecipação e nervosismo subir pela coluna. Preparara-se para dar aquele passo, enfrentar uma mudança radical na vida. Não se tratava de impulso, nem de imprudência. Entretanto, sentia-se impulsiva e imprudente.

Era uma mulher adulta e a decisão era toda dela.

Capítulo 7

Desde o primeiro momento em que se encontraram, Ana e Pedro criaram uma empatia muito grande, que logo se tornou amizade. Mesmo assim, ele raramente falava sobre sua vida fora do teatro. Seria difícil dizer ao certo quem era o verdadeiro Pedro. Isso só deixava Ana ainda mais curiosa. Afinal, no meio da tempestade, ele, um homem lindo, lhe deu abrigo e ainda indicou um caminho para viver seu sonho de trabalhar no teatro.

Agora, como uma das atrizes da companhia, mesmo em um teatro comunitário, Ana não conseguia se imaginar voltando a ter aquela vidinha chata que deixara para trás no Brasil. Além do teatro, agora tinha uma amiga, o que significava, considerando o quanto Bia fora idiota com ela em seu último encontro, um crescimento de cem por cento em sua lista de contatos. Ademais, Pedro, o deus grego, também entrara em sua vida. Podia, por enquanto, ser apenas um amigo, mas, somente a probabilidade de tornar-se algo mais, deixava-a extasiada.

De um cantinho da coxia, Ana observava o cenário onde logo estaria atuando.

– Ana! – Ricardo gritou da plateia. – Venha aqui.

Ela desceu correndo as escadas que levavam à plateia e sentou-se ao lado dele na primeira fileira.

– Hoje vamos começar por você. Amanhã passaremos a peça inteira. Do início ao fim. Esse será o melhor percurso.

– Se você acha...

– Eu não acho. Tenho certeza!

– Claro – ela balbuciou.

– Tenho certeza de que essa será a melhor encenação que os palcos do mundo já tiveram de *Cinderela*. Então, só tenho uma coisa a dizer: não estrague meu trabalho, não corrompa minha visão, ou farei um daqueles feitiços contra você. Ouviu bem?

– Mas...

– *Sshhh*... – Ele tapou a boca dela com o dedo indicador. – Sem mas, entretanto ou talvez. Vá, minha bruxinha.

Ana subiu de volta ao palco e encontrou Pedro atrás da cortina.

– Merda! – ele murmurou, terminando com um sorriso amável.

– Merda! – ela respondeu.

– Divirta-se, minha pequena.

Os olhos verdes de Pedro sempre confirmavam que tudo ficaria bem. Quando ele estava por perto, Ana sentia o prazer de viver aumentar, só de vê-lo sorrir. Acreditava em novas e melhores perspectivas ao vê-lo transitar pelos ambientes com seu corpo alto, musculoso e com aquele andar sexy.

“Ele poderia ensinar Sabiá a caminhar...”, refletiu.

Sorrindo para Pedro, Ana não conseguia deixar de pensar que não existia uma mulher no mundo que não se empolgaria em ter um lindo rosto, como aquele, ao seu lado para o café da manhã. Tratando-se de rostos, o dele era uma obra-prima. Entalhado em um dos dias mais inspirados dos deuses. Maçãs do rosto marcantes, boca firme, cheia, emoldurada por um maxilar forte e um queixo quadrado. Isso, sem falar nos cabelos pretos sedosos e nos olhos esmeralda.

– Elenco no palco! – o diretor ordenou, gritando, como sempre, do meio da plateia em penumbra.

Rúbia foi a primeira a correr para o centro do palco.

– Cinderela no palco. Atenção todos! – Ricardo avisou. – Madrasta, está pronta?

– Estou! – gritou da coxia a atriz que interpretava a madrasta.

– Eu vou ler o narrador e você entra. Entendeu, Madrasta? Ouviu? Responda, por favor, minha querida samambaia.

– Sim, Ricardo. Ouvi.

– Não se esqueça de que essa entrada deve ser triunfal. Vamos começar! – Ricardo colocou os óculos e começou a ler. – Era uma vez, no tempo de reis e rainhas, uma linda menininha chamada Cinderela. Desde a morte do pai, a pequena órfã vivia com sua madrasta, que não gostava nem um pouco da enteada e a obrigava a ser sua criada. As tarefas eram muito duras e, todos os dias, Cinderela sonhava com uma vida melhor, para ser feliz outra vez.

– Onde está a Cinderela? – gritou a atriz que interpretava a madrasta e foi entrando no palco. – Onde está a Cinderela que até agora não trouxe o meu café? Cindereeeeela!

– Já vou, senhora. – Rúbia entrou no palco carregando balde, vassoura e panos. – Já vou preparar o seu café. Já vou. Não fique nervosa.

– Nervosa? Que menina mais insolente! Tem alguns poucos afazeres e ainda ousa atrasar o preparo do meu café? Pois bem. A partir de hoje, além de cuidar dos animais, limpar o estábulo, preparar a horta, limpar nossos aposentos e lavar as roupas, a senhorita também vai tirar leite, preparar o pão e cuidar das galinhas. Quem sabe assim terá tempo para preparar o meu café e servi-lo no momento exato em que eu desejar!

A madrasta atravessou o palco com passos largos, passou por Cinderela e chutou o balde, fingindo ver um monte de água se espalhar pelo chão, levantando as saias até o tornozelo para não molhar e começando a andar nas pontas dos pés.

– Vá, vá, vá. Limpe essa água rápido, menina, que molenga!

– Palco limpo! – Ricardo gritou e subiu para o palco pela escada lateral da coxia. Lá, continuou a ler as falas do narrador. – Cinderela morava também com as duas filhas da madrasta, Grizelda e Anastácia, mocinhas mimadas que não faziam absolutamente nada o dia todo. Elas não gostavam de Cinderela, apesar de ela fazer tudo para lhes agradar. Entram as filhas – Ricardo ordenou. – E entrem como dois lindos pássaros azuis. Deslizem como dois raros espécimes que vão de encontro ao entardecer.

Ana sentiu o nervosismo subir por suas pernas e chegar aos ombros ao ouvir o nome de seu personagem. A atriz que interpretava a outra irmã entrou em cena e deu o texto. Chegara a vez de Ana. Ela fechou os olhos, respirou fundo e entrou no palco berrando e dando ordens como nunca fizera em toda a vida.

– Cindereeeeela! Lixe minhas unhas. Cindereeeeela!

Ana empurrou a lixa para Rúbia e sentou-se na poltrona como faria a mais supérflua das pessoas. Rúbia era empurrada pela outra atriz em cena, a outra irmã insuportável da Cinderela torturava a protagonista, ameaçando-a com uma escova de cabelo. Rúbia pegou a escova e começou a penteá-la.

– Rúbia! Mas será possível? – Ricardo reclamou, pulando como uma criança birrenta. – É assim que uma criada pega os objetos das mãos da patroa?

– Desculpe, farei melhor.

– De novo – Ricardo resmungou e foi para a coxia. – Preparem-se. Ana! – ele berrou. – Você é surda? Eu mandei fazer de novo. Então me explique, o que você faz no palco?

Rúbia jogou a lixa de unhas para Ana e com uma piscadela sussurrou.

– Bem-vinda ao espetáculo!

O diretor repetiu a introdução do narrador e os atores repetiram a cena. Quando as irmãs da Cinderela gritaram com a pobre coitada, Rúbia baixou a cabeça em uma quase reverência às irmãs. Começou a lixar as unhas de Ana, quando o diretor entrou mais uma vez em cena, interrompendo a ação.

– Rúbia, será possível? É assim que se lixa as unhas de uma madame?

– Sim! Que eu saiba, só tem um jeito de lixar as unhas. Lixando!

O diretor deu um pulo no mesmo lugar e, jogando os braços ao ar, esbravejou.

– Não! Não! Não! Saia do palco, Rúbia! Saia do meu teatro! Saia do meu mundo! Saia da minha vida! Você está mais interessada em ser bonita do que em ser atriz. Oh!!!! Que dia!

Rúbia saiu correndo para os camarins. Tentava esconder as lágrimas, mas Ana sabia o quanto ela estava magoada. Aquele era um papel que ela vivera durante quase toda sua vida. Ser magoada e humilhada. Não ter ninguém para sair em sua defesa.

– Cadê o mensageiro? – Ricardo continuou com o ensaio como se nada tivesse acontecido.

– Aqui, Ricardo – o rapaz disse, levantando o dedo em um gesto tímido.

– Aqui, Ricardo? Isso é jeito de falar com o seu diretor? Estou aqui, senhor. É assim que se responde. Por que, meu Deus? Por que eu não consigo encontrar profissionais nesse lugar?

– Porque aqui é um teatro comunitário? – perguntou uma voz atrás de Ana. Era Pedro, ela tinha certeza.

– Quem falou isso? Apresente-se!

De supetão, Ana entrou no palco e foi em direção a Ricardo. Não sabia a razão de cometer tal maluquice. Talvez fossem os sapatos, o figurino, como poderia saber? Quando deu por si, já estava perto dele.

– Senhor?

Ricardo voltou-se para Ana.

– Sim.

Ricardo a encarou. Ela não pensara em nada para dizer. Mesmo que o tivesse feito no curto trajeto que percorrera, duvidava que conseguisse falar qualquer palavra naquele momento.

– O que foi, menina? Mal ganhou um papel e quer ser mandada embora? Não fique olhando para mim desse jeito! – reclamou com ar superior. – Eu posso ser o melhor nesse trabalho, mas ainda sou humano. Não precisa ter medo. – Ele a observou dos pés à cabeça. – Além de me olhar com cara de boba e assustada, o que você quer? – Ana não conseguia falar. – Se não quer falar nada, vamos ao ensaio. Não precisamos da Rúbia, eu mesmo leio os trechos dela. – Só um detalhe antes de continuarmos, não se engane achando que me fez de bobo. Sei muito bem que não foi a senhorita que gritou. – Os atores se entreolharam assustados – Vamos. É só usar a imaginação. Cadê as irmãs?

Ana só levantou o dedo e disse:

– Sou eu.

– E eu – a outra atriz disse baixinho.

– E por que não estão nos seus lugares? Até quando eu tenho que esperar?

As duas se apressam em ir ao centro do palco.

– Estamos prontas – Ana informou.

– Pois bem... – Ricardo continuou, andando pelo palco, batendo suas botas feito um ditador. – Cinderela entra em cena, com uma escova na mão e a lixa de unha na outra. Ela vai ajeitar o cabelo de Grizelda e depois começa a lixar as unhas de Anastácia. Vocês duas fiquem sentadas aí e finjam que a Cinderela está entre vocês. Vou ler as falas do narrador e vocês seguem. – Ele virou algumas páginas do texto que tinha nas mãos e leu. – Um dia, estava Cinderela esfregando o chão, quando ouviu um homem bater à porta, gritando. Ei, mensageiro, acorde, é sua vez.

O mensageiro saiu correndo do canto do palco onde estava, quase tropeçou, mas conseguiu dizer sua fala:

– Abram em nome do Rei!

Encostou a vassoura na parede e desceu as escadas para ver quem era. Quando abriu a porta, um mensageiro do palácio entregou-lhe uma carta.

– Senhorita, esta é uma carta do Rei. É um convite para todas as jovens daqui e dos reinos próximos irem ao baile em homenagem ao Príncipe. Não falte, pois todas estão convidadas.

O narrador continuou a leitura:

Cinderela estava ansiosa por conhecer o Príncipe. Lembrava-se das histórias do seu pai e ficou sonhando com o vestido que usaria no baile.

– Cindereeeeeeeeeeeelllllllllaaaaaaa! – a madrasta berrou. – Quem estava aí?

– Sim, sim, estou indo.

Cinderela subiu as escadas correndo e foi até a sala para mostrar o convite à Madrasta. Grizelda e Anastácia arrancaram-lhe o convite da mão e começaram a pular de alegria.

Meninas, o que é isso? Deem-me já esse papel. – A mãe das duas irmãs pegou o convite e o leu.

– Ah... que interessante... um baile, certamente para escolher uma esposa para o Príncipe...

– Tenho que me arrumar e ficar bem linda! – bradou uma das irmãs de Cinderela.

– Eu também! Vou escolher meu vestido – Ana falou com entusiasmo, esforçando-se para fazer tudo certinho, como Ricardo tinha mandado. A última coisa que desejava era alguém gritando com ela na frente de todo mundo.

– Eu também preciso arrumar um vestido para ir à festa! – Cinderela exclamou.

– Mas você não pode ir de jeito nenhum! – Anastácia interpôs.

– O convite é para todas as jovens do reino! – Cinderela lembrou.

– Não vejo razão para você não ir, Cinderela! – a Madrasta consentiu. – Se fizer todos os trabalhos e conseguir arranjar alguma coisa decente para vestir...

Mal acreditando que a Madrasta a deixara ir ao baile, Cinderela agradeceu feliz:

– Muito obrigada, muito obrigada!

E se retirou para terminar seus afazeres e arrumar um vestido para a festa.

– Enquanto todas estavam se arrumando, a Madrasta chamou Cinderela.

– Cinderela, venha cá! – ordenou Terezinha, a atriz que interpretava a madrasta.

– Sim, madrasta – Ricardo leu com uma voz fina e esganiçada. Ana percebeu que alguns atores riram baixinho, enquanto outros fingiram nem ter ouvido. O diretor continuou: – Já vou me arrumar para o baile.

Terezinha agarrou Ricardo pelo pulso e o obrigou a atravessar o palco junto com ela.

– Imagine, Cinderela! – ela, grande que era, jogou Ricardo no canto do palco como jogaria Rúbia, caso ela estivesse ali. – Você acha que vai a algum lugar com tanto serviço a ser feito por aqui, Cin-de-re-la?

– Mas eu já fiz tudo o que a senhora mandou!

– Ah, mas eu me esqueci de pedir umas coisinhas: vá cortar lenha. Empilhe tudo direitinho ao lado de cada lareira da casa. Depois esfregue todo o chão. Faça pães, tire o leite, trate das galinhas e dos porcos. Se acabar, poderá ir ao baile.

Terezinha riu como nunca antes a madrasta tinha rido naqueles ensaios. Ana desconfiou que a colega ria de felicidade por ter subjugado Ricardo, mesmo que fosse apenas no faz de conta.

Assim que saiu de cena, Ana encontrou um cantinho para assistir ao ensaio das cenas seguintes. Adorava estar ali, mas ainda não entendia muito bem o funcionamento das coisas.

"Será que todos os diretores agem assim? Não!", ela pensou. "Dever haver pessoas mais amáveis nesse tipo de trabalho!"

Lembrou-se de Ricardo em sua casa, falando todas aquelas bobagens de feitiçaria e teve certeza de que ele era maluco. Talvez ele não fosse só egocêntrico, mas também maluco. Provavelmente, fora liberado de algum hospício naqueles últimos dias e, por isso, não sabia ao certo como se dirigir às pessoas de uma maneira normal. Quem sabe sua família abastada e cruel o mantivera em uma espécie de cativeiro, afastando-o do resto do mundo para que ele não reivindicasse seus direitos sobre a herança da avó falecida, que morrera em circunstâncias suspeitas, deixando toda sua fortuna para o neto? Por fim, era provável que todos aqueles anos de cativeiro, tendo de lidar com um psiquiatra corrupto, haviam deixado Ricardo meio amalucado.

– Ana! – o diretor berrou. – Para o palco!

Ana sentiu a respiração travar e as pernas enrijecerem. Tudo o que precisaria fazer seria entrar no palco e fazer sua cena... sozinha. Apenas fazer tudo o que sempre sonhou. Neste momento, se perguntou se uma entrada solitária no palco não lhe traria antigos sentimentos com os quais não saberia lidar. Conseguira ensaiar sozinha na frente dos colegas. Pedro até ganhara alguns bons trocados com isso. Contudo, neste momento, era muito diferente. Ricardo, o diretor sem parafusos e egocêntrico, estaria analisando e prestes a ser rude, caso ela errasse ou não o agradasse. De pé, na coxia escura, ela suspirou alto. Estava exausta daqueles pensamentos. Estava exausta daquilo tudo.

Sem saber o que aconteceria em seguida, fechou e abriu os olhos pausadamente e caminhou para o centro do palco. Não adiantava resistir. Não adiantava fugir. Ana teria que percorrer aquele caminho até o fim.

As luzes do palco se apagaram. Um facho branco acendeu sobre ela. Ana respirou fundo. Deixou todos seus medos de lado e encarou Ricardo como uma amante faria a um homem que a idolatra, mas que sabe não ter quaisquer chances de ser correspondido. Naquele instante, ela seria uma musa, uma mulher inalcançável.

Recitou o texto. Não pensou na interpretação. Apenas o fez.

Duas páginas de roteiro pareceram se transformar em instantes. Quando percebeu, acabara. Dissera a última palavra e sorrira cheia de maldade. O papel pedia essa interpretação dirigida à Cinderela, contudo, Ana o fez para Ricardo.

O facho de luz sobre ela apagou.

A escuridão a envolveu e Ana esperou os gritos de Ricardo. Não sabia dizer se fora bem ou mal. Contudo, sua natureza pacífica e quase submissa sempre esperava pelo pior.

As luzes de serviço se acenderam. Ana olhou na direção onde Ricardo estava sentado e não o encontrou. Olhou para a saída do espaço destinado à plateia e o viu lá. De costas, o diretor se encaminhava à saída com passos largos.

Olhou para as coxias, à procura de alguém que desse um significado àquela reação. Encontrou Pedro ao lado de Rúbia. Como em um sonho, ele abriu um lindo sorriso.

Capítulo 8

– Parem tudo! Ricardo gritou no dia seguinte após dois minutos do ensaio ter começado.

– Por quê? – Manoel, o ator que interpretava o príncipe, perguntou. – Qual é o problema agora? Deus do Céu! Quer se decidir de uma vez por todas?

– Quando vamos bem, você simplesmente abandona o teatro. Quando acredita ver algo errado, resolve nos destruir – Tina disse, colocando as mãos na cintura. – Não somos burros de carga que funcionam somente no chicote. Somos artistas.

– Com quem vocês pensam que estão falando? Eu sou o diretor desta porcaria. Eu valorizo a expressão teatral de cada ator com marcações ágeis e inteligentes. Vocês não conseguem perceber isso?

Nenhum dos rostos que o fitavam seriamente esboçou qualquer sinal de compreensão.

– Sabem o que é um Diretor de Teatro?

– Quem dirige uma peça teatral? – Rúbia arriscou.

Ignorando o comentário, Ricardo continuou.

– Diretor de Teatro é o responsável por supervisionar e dirigir a montagem de uma peça de teatro, trabalhando diretamente a representação, decidindo a melhor forma de conjugar os diversos esforços da equipe de trabalho em todos os aspectos da produção – falou pausadamente, como se estivesse se dirigindo a um bando de idiotas de outro planeta.

– Exatamente. Dirige uma peça teatral! – Rúbia repetiu, colocando um tom irritado e agressivo na voz.

Exasperado, alisando os longos cabelos repetidamente, Ricardo começou a gritar.

– Não percebem que sou muito mais do que isso? Tento assegurar a qualidade e a integridade da peça teatral, dos atores da peça! Mas, pergunto a vocês, que expressão teatral vocês têm? Quem aqui ousa se chamar de ator ou atriz?

Ana sentiu-se extremamente incomodada com aquele discurso inflamado e malcriado. Afinal, eram um teatro comunitário e a cada ensaio a postura de Ricardo piorava.

Começou a se arrepender de ter se metido nesta encrenca. Ninguém merecia ouvir aquelas injustas acusações. Percebeu que todos estavam ficando irritados e começando a perder a paciência. A boa índole de Ana não permitiria que aquele clima terrível continuasse.

– Ricardo, calma! Somos apenas atores de um teatro comunitário – Ana disse. – Não somos todos profissionais.

– Eu sou! – Rúbia gritou furiosa.

– Eu também! – Manoel acrescentou.

– Sou uma atriz profissional desde... – Rúbia tentou completar.

– Não parece! – Ricardo interrompeu.

– Acho que estamos todos exaustos. Que tal encerrarmos as atividades de hoje? – Ana sugeriu.

Todos concordaram, desceram do palco, pegaram suas mochilas nas poltronas das primeiras fileiras e deixaram o teatro como se Ana tivesse dito "Vamos, fujam! Salvem suas vidas!".

– Bando de inúteis... – Ricardo resmungou entredentes, observando-os irem embora. – Não sabem o sacrifício que é necessário para interpretar com a alma.

– Calma, Ricardo! – Ana pediu. – Todos estamos fazendo o melhor possível.

– Pelo visto não é o suficiente.

O diretor desceu do palco e foi embora sem olhar para trás.

Acabaram sobrando apenas Ana e Pedro no teatro.

Um olhou para o outro, como se em dúvida do que fazer sozinhos.

– Você está com pressa? – Pedro perguntou. – Tem algum compromisso?

– Por quê? – Ana indagou cheia de expectativa.

– Tenho uma ideia de como aproveitar esse tempo. Você vai adorar.

Pedro estendeu a mão na direção dela.

– Vamos para sua casa, mas antes preciso pegar algumas coisas. Já volto.

E lá se foram para o apartamento de Ana, mas não para fazer o que ela imaginava...

★ ★ ★

– Obrigada por me ajudar com os móveis – Ana disse. – Eles precisam de reforma há um bom tempo. Logo aconteceria algum acidente por aqui.

– Como você já havia comentado isso algumas vezes, achei que hoje era uma boa oportunidade de dar um jeito nisso.

Pedro continuou a trabalhar no conserto da perna da cama. Havia explicado que cupins eram um problema bastante comum, sobretudo em móveis antigos, mas aqueles tinham sido extremamente negligenciados.

– Você teve um dia cheio – Ana falou, percebendo o cansaço no olhar dele. – Eu posso cuidar disso.

– Claro que pode. Pode cuidar disso, das paredes, da madeira, do teatro e de tudo que aparecer na sua frente – ele respondeu, parecendo irritado. – Ninguém disse o contrário. O que há de errado com você? Por que não aceita quando lhe oferecem ajuda e fica calada? Que mulher!!!

Ana, de fato, ficou calada, chocada, por longos segundos.

– Só achei que você estava cansado, depois da jornada dura de serviço – voltou a falar com a voz baixa.

– Eu aviso quando estiver cansado. Não me canso assim tão fácil. Além do mais, há muitas coisas precisando de cuidado e atenção por aqui. Logo, todo seu apartamento pode...

– Acho que não é só esta cama ou os móveis que estão precisando de atenção. – Assim que pronunciou a frase, Ana pensou que estava ficando maluca. Depois de aceitar subir ao palco novamente, agora começava a soltar indiretas, quase diretas, quanto ao seu interesse por Pedro.

– Sei disso. Porém, se você quer mesmo saber, essa madeira podre está me deixando tão doente que nada mais me importa.

A frase atingiu Ana como um soco no queixo, magoando-a profundamente. Mesmo sem ter certeza de que ele entendera a indireta, o orgulho a fez reagir para se defender.

– Ficarei feliz em me afastar.

– Se eu achasse que isso iria funcionar... – Pedro murmurou, olhando para a cama. – Vai ter que esperar pelo menos até amanhã à tarde antes de lhe dar um novo tratamento – opinou. – Você não sabe ao certo quando fizeram reparos aqui pela última vez?

– Não.

Ana começou a aplicar o verniz no pé da cama, como vira Pedro fazendo antes, porém a irritação que sentia não permitia fazê-lo com cuidado.

– Me dê isso. Vai acabar derrubando em sua roupa.

Ela deu um safanão, mal-humorada, quando Pedro tentou tirar de suas mãos o pote de verniz que havia trazido do teatro.

– As roupas são minhas.

– Então, devia ser mais cuidadosa com elas. Não vê que é absurdo lidar com reformas usando essa roupa? É um vestido, pelo amor de Deus!

– Tenho um armário cheio destes. Nós, mulheres, somos assim, não sabia?

– Mas que bobagem! – Os dedos dele curvaram-se ao redor do pote e os dois começaram um ridículo cabo-de-guerra.

Ana usou toda sua força. Nunca venceria aquela disputa boba. Era tudo uma grande perda de tempo. Sentiu os olhos umedecerem. Lutou contra, mas não conseguiu evitar o corpo expressar o que ela sentia.

Sem qualquer aviso, Pedro largou o pote. Pega de surpresa, Ana caiu sentada.

– O que está fazendo? – Pedro perguntou.

– Aplicando verniz em um pé de cama destruído. Agora, suma daqui e me deixe terminar com isso.

– Não existe nenhum motivo para ficar irritada assim. Nenhum mesmo. – Ficou evidente que uma onda de pânico invadira Pedro. – Não precisa chorar.

– Estou zangada, furiosa. Este é meu apartamento. Posso chorar quando e onde quiser.

– Tudo bem, tudo bem. – Ele se levantou e tirou um lenço do bolso; depois voltou a ajoelhar-se ao lado dela, entregando-lhe o lenço. – Pegue isto, assoe o nariz, limpe o rosto.

– Por que não vai para o inferno?

Com a expressão fechada, Ana deu as costas para ele e continuou aplicando o verniz.

– Ana, eu sinto muito. – Pedro não parecia saber ao certo por que estava se desculpando, mas aquele não era o lugar nem o momento certo para discutir. – Seque seus olhos, minha pequena, e então vamos deixar esta cama aqui confortável para passar a noite.

– Não use esse tom comigo. Não quero a sua piedade.

Pedro passou os dedos entre os cabelos num gesto nervoso e deixou escapar um suspiro frustrado.

– E o que você quer? – ele perguntou.

Fez-se silêncio de repente. Um momento perfeito em que ela poderia aproveitar, mas hesitou. A discussão a deixara confusa e o momento se perdera.

Pedro voltou sua atenção à cama.

– Ela tem uma parte bem problemática aqui. Vamos ter que trabalhar nisso.

– Temos muito que trabalhar no próprio relacionamento que nos liga! – Ana concluiu, encarando-o. – Eu não entendo. Você parece gostar de estar comigo! – disse mais uma vez, sem pensar. – Parece que fica...

– Infinitamente feliz! – Pedro interrompeu terminando a frase.

– Então, por que está tão zangado?

– Não estou zangado com você. – Desviou o olhar e recomeçou a tratar os pequenos arranhões no pé do móvel. – Talvez esteja zangado comigo mesmo... e fica mais fácil descarregar essa frustração em cima de você.

– Isso, pelo menos, eu posso entender. – Ela colocou a mão sobre a dele, estudando o contraste entre as mãos de ambos. A dele, grande, calejada pelo trabalho duro, e a dela, pequena, elegante e macia.

– O fato de nos importarmos um com o outro não é tão importante quanto o que vamos fazer a respeito disso – disse Pedro e se afastou acrescentando que iria continuar a tratar do móvel.

Ana, confusa, fechou os olhos e respirou fundo, permanecendo em completo silêncio. “O que Pedro queria dizer com aquilo?”, pensou, apertando ainda mais os olhos. Rúbia, afinal de contas, talvez estivesse certa.

Capítulo 9

Estavam todos reunidos no palco. A última cena da peça foi ensaiada. Ricardo começou a gritar da plateia como um doido, mandou pararem tudo e abaixar o pano. Subiu no palco e continuou com seu showzinho histérico.

– Ah, não. De novo não! – Terezinha reclamou, levantando os braços.

– Dá um tempo, diretor! – Manoel exclamou, bufando. – Que inferno! – Manoel esticou as pernas, deitou no chão, cruzou os braços sobre o peito e fechou os olhos.

– Quem dá tempo é relógio! Os grandes feitos são conseguidos não pela força, mas pela perseverança – Ricardo retrucou irritado, começando novamente a divagar sobre as funções de um diretor. – Precisamos repetir tudo novamente. O ensaio de hoje foi uma porcaria. Um lixo.

Rúbia não se conteve e sussurrou para Ana.

– Esse cara é doente.

– Como assim?

– Doente, menina, doente. Não sabe o significado de doente? Ou na sua terra não se entende esta palavra?

Ignorando a ofensa de Rúbia, Ana perguntou.

– O que ele tem?

– Não deu para perceber ainda, criatura? Uma hora ele está ótimo, gentil, educadinho, um amor de pessoa. De repente, passa a dar showzinhos como o de agora. Ele só pode ser bipolar. Ainda vai ter um ataque cardíaco enquanto trabalha. Só espero que aconteça com ele antes que aconteça com um de nós.

Ana franziu o cenho. Começou a chorar em silêncio.

– O que foi? – Rúbia perguntou.

– Meu pai era bipolar. Matou-se após uma discussão com um fornecedor. Ele só trabalhava. Pouco ficava em casa.

Os soluços vinham agora incontroláveis, aos borbotões.

– Fique calma, fique calma! – Rúbia pediu, começando a se desesperar pela reação da brasileira.

– E agora o que foi? – Ricardo enfureceu-se.

Puxando Ana pela mão, Rúbia se virou e explicou:

– Nada não, diretor. Vamos só rapidinho ao banheiro.

– Tá bem, tá bem, mas não demorem. Pessoal, dez minutos de recreio para vocês. Nem um minuto a mais, entenderam?

– Vamos, Ana, pelo que você conta, seu pai foi muito bom para você. Não pense nele agora. Suas lágrimas são como uma fonte de energia para o Ricardo. Ele sente prazer em nos ver sofrer.

Ana enxugou as lágrimas e controlou o choro.

– Eu já desconfiava que ele era completamente maluco. Me desculpe. Acho que estou sob muita pressão e a menção dele ser bipolar me pegou desprevenida.

– Todos nós estamos com os nervos à flor da pele. E tudo culpa desse desgraçado.

– Não está sendo nada fácil.

– É, sabemos disso. Mas tudo vai se ajeitar, você vai ver. Vamos voltar para nossos lugares.

Rúbia a cutucou com o cotovelo e apontou para Pedro, que naquele momento entrava no palco ignorando os novos gritos do diretor.

– Se nada nos salva da morte, que, pelo menos, o amor nos salve da vida! –Rúbia falou e sorriu para Ana.

★ ★ ★

Ana tentava conter a ansiedade que fazia seu coração palpitar. Logo o ensaio iria recomeçar e ela queria estar no palco antes de todos. Entrou no corredor que ligava os camarins ao palco, deparando-se com Ricardo, que vinha em direção contrária. Caminhava com passadas longas e um ar de absoluta segurança e arrogância. Ela não queria encontrá-lo sozinha depois da crise de choro que tivera na frente de todos.

Sofrera por anos na escola e na mão da madrasta. Sempre fora a garota gordinha que não conseguia se sair bem em nenhum esporte. Era aquela à qual os garotos não prestavam atenção e as colegas tampouco se lembravam de incluí-la nos grupos de trabalho.

Há anos mudara sua aparência. A adolescência lhe conferira um belo corpo. Claro que mudara todos seus hábitos alimentares e passara a praticar natação e correr. Mesmo assim, não era uma mulher segura. A infância fora pesada demais. E o início da adolescência, logo após o pesadelo que acontecera em cima do palco, só piorou as coisas. A madrasta nunca a aceitara de verdade e a ausência do pai fora marcante. Era uma rejeição que não a deixava ser confiante. Somava-se a isso tudo, a desilução e a traição do ex! Que droga ainda se lembrar dele!

Ricardo vestia-se informalmente – uma comprida camiseta azul marinho e calças da mesma cor. Os espessos cabelos castanhos caíam-lhe soltos sobre os ombros, emoldurando um rosto nada agradável. Era impressionante a mudança que via nele conforme o humor. Seus atos destemperados de estrelismo conseguiam conferir-lhe uma aparência decadente.

Alguns passos depois, ficaram frente a frente. Ana não sabia o que dizer. Pensou em empurrá-lo e dizer tudo o que pensava. Jamais teria coragem.

– Por que eu acho que você quer me dizer algo? – Ricardo perguntou.

Um sorriso cínico formou-se no rosto do diretor.

– Desculpe – Ana explicou-se. – Não quero dizer nada.

– Tem certeza? – ele insistiu. – Você me parece uma pessoa cheia de conflitos internos. Alguém que não gosta de si mesma. Uma hora tem coragem, outra hora se esconde como um filhotinho indefeso. Seja como eu.

– Desculpe – disse Ana mais uma vez. – Eu não me sinto desta maneira.

– Ótimo. Eu odiaria vê-la chorando de novo. Gosto de pessoas fortes como eu, minha bruxinha maluca.

"Idiotas como você!", Ana pensou. "Capazes de sentir prazer em humilhar os outros que estão por baixo, em alguma classe hierárquica. Conheço muito bem esse tipo. Todos sofrem com eles. Seja na infância, na adolescência ou, mesmo, na vida adulta!"

– Está voltando para o ensaio? – ele perguntou.

– Sim.

– Tente conversar um pouco com o Manoel. Ele não é um poço de talento, porém é capaz de ajudá-la.

– Farei isso – Ana concordou.

Sabia que não deveria ser monossilábica ao responder. Por mais que odiasse, precisava conviver com ele da melhor maneira possível. Mas não conseguia. Realmente detestava aquele homem e tudo o que ele representava.

– Você ganhou este papel em um golpe de sorte. Não vá perdê-lo. – Virou as costas e foi andando na direção dos camarins. – E corra para o ensaio! Você, mais do que ninguém, precisa ensaiar até cair no chão.

Por um instante, ela pensou em protestar, mas acabou desistindo. Baixou a cabeça. Odiou-se por fazer isto. Jurou para si mesma que seria a última vez. Algumas coisas, ela sabia, não podiam ser argumentadas. Tinham de ser vividas.

Capítulo 10

Ana tomou pequenos goles de água e beliscou distraída alguns bolinhos de chocolate. Sabia que precisava comer, mas não tinha vontade. O palco estava fervilhando, cheio do som de diálogos tensos. Ricardo dava instruções a todos. Seu humor, sempre ruim, estava pior do que nunca nesse fim de tarde.

Pouco depois, quando Cinderela dançava com o príncipe, Ricardo saiu da coxia e interrompeu o ensaio com um único grito.

– Chega!

Todos pararam. A tensão no ar podia ser tocada. Os nervos, já em estado de extrema atividade, colocaram-se em alerta total.

– O quê diabos vocês pensam que estão fazendo? – berrou, separando Rúbia e Manoel.

Ninguém falou nada. Rostos pálidos como cera suplicavam em silêncio, torcendo para a fúria não recair sobre seus ombros. Desde o dia anterior, o diretor passara a usar um megafone. Ana não suportava aquilo e sentia vergonha quando ouvia seu nome saindo daquele aparelho tenebroso.

– Qual é a dificuldade em dançar? Pessoas na Idade Média já faziam esta maldita valsa! E vocês não conseguem dar dois passos certos sequer!

Um para lá, dois para cá. – Seus olhos estavam arregalados e sombrios, como os de uma adolescente mimada que não ganhou o que queria ou que acabou de descobrir que foi traída pela melhor amiga.

Algumas atrizes começaram a chorar.

Ana entrou na lateral do palco. Cansara daquele sujeito. Ela não estava sequer na cena, mas para tudo havia um limite. Não tinha a menor ideia do que faria. A raiva a movia, não conseguia mais deixar de se opor aos maus tratos de Ricardo.

A madrasta gritara desta maneira com ela por anos a fio e destruíra toda sua autoestima. Não deixaria o mesmo acontecer agora. Fosse com ela, fosse com seus amigos.

De relance, viu Pedro, atrás da última fileira, puxando alguns cabos. Adoraria que ele estivesse ao lado dela naquele momento.

– O que você pensa que está fazendo? – Ricardo questionou, falando ao megafone. – Por que sinto que você vai dizer uma idiotice, Ana?

Ela encaminhou-se ao centro do palco. Crispou os lábios em repulsa por alguns instantes.

Sentindo que precisava dizer algo, Ana umedeceu os lábios. Não tinha a menor ideia do que iria falar. E nada parecia lhe vir à mente.

– Não seremos massacrados por você! – Ana disse.

– E por que a pessoa mais irrelevante em todo o elenco acha que pode dizer isso para mim?

– Porque sou a que tenho menos a perder – Ana mentiu.

Ela podia ser a que menos tinha a perder na peça. Mas perder aquela oportunidade a faria perder tudo em Portugal. Ricardo não sabia disso. Talvez essa fosse a sua única arma naquele momento.

– Isso não vai mais acontecer – ela afirmou.

As emoções de Ana ameaçaram vir à tona e encher-lhe os olhos de lágrimas. Se uma só lágrima escorresse, seria o fim da discussão. Ela perderia.

– Você pode me explicar como?

– Você trata mal a todos nós. Somos massacrados todos os dias. Isso não vai mais acontecer. Não está correto. Posso ser apenas uma atriz inexperiente. Ou até mesmo sem um grande talento. Mesmo assim, com todos estes problemas, percebo que estamos piorando ao invés de melhorar.

Com os olhos ocultos pelas pestanas cerradas, Ricardo pegou do bolso um pacotinho de balas de menta, tirou uma e a meteu na boca.

– Continue. – ele pediu, parecendo divertir-se. – Quero ver o quanto você pode me ensinar. Afinal quem ganhou o *Theater Award* duas vezes fui eu e não a senhorita.

– Você pode ter ganhado até dez *Theater Awards*! – fez uma pausa. – Não me importa. Sei que você não está recebendo quase nada para nos dirigir, contudo...

– Exatamente – ele concordou. – Aliás, estou ganhando desgosto. E muito.

– Então, por que não vai embora?

Quando Ana percebeu, a pergunta já saíra de sua boca, era tarde demais para recuar. Ouviu um murmurinho de descrença ao redor.

– É isso que a senhorita deseja? Que eu vá embora?

– N... n... ão – ela respondeu titubeante.

– Ótimo. Por um momento achei que a contrarregra, que ganhou um papel porque uma idiota mimada foi embora, ia me despedir.

Ricardo levou o megafone à boca mais uma vez. Ana cerrou os olhos. Chegara o momento. Perdera a chance. Estragara tudo. Voltaria ao Brasil humilhada.

– Quero que todos vocês saiam do palco – falou Ricardo com a voz projetada e rachada pelo aparelho. – Vão para os camarins. Vão para casa. Não me importa. Ficaremos aqui, apenas Ana e eu.

★ ★ ★

Segundos depois, Ricardo sentou na primeira fileira e Ana continuou em pé no palco. Todos haviam saído. Pelo canto dos olhos, via Pedro na última fileira. Talvez ele a defendesse. Se bem que o coitado não conseguia um emprego decente desde 2008, ele não arriscaria tudo por ela. Não devia ganhar muito, mas era a única renda que ele tinha no momento.

– Então você acredita que entende mais do que eu de atores? – Ricardo perguntou sem usar o megafone.

Ele mantinha a voz baixa. Ela mal conseguia ouvi-lo. Parecia um professor dando uma lição de moral em uma classe bagunceira. Deixava bem claro quem mandava.

Ela o examinou antes de responder. Ele não tinha nada da imagem dos geniais e talentosos diretores que Ana costumava imaginar circulando no meio teatral. Deveria estar com quase cinquenta anos. Seu rosto ainda era bonito, com fartos cabelos revoltos e olhos verdes apagados por uma profunda exaustão. Estava vestido com uma camisa preta desbotada que lhe trazia um ar triste e combinava com as olheiras de noites sem dormir, acompanhado de bebidas.

– Eu não sei mais do que você – Ana disse. – Aliás, não sei mais do que ninguém neste teatro e, provavelmente, em Portugal.

– Continue – ele insistiu com sorriso de escárnio projetando-se dos lábios.

Ela seria humilhada. Sabia disso. Ricardo pedira para ficar a sós com ela apenas para isso. Se fosse preciso, pediria desculpas. Faria o que fosse preciso. Precisavam do prestígio dele para atrair o público.

– Me desculpe – ela começou a balbuciar. – Passei dos limites. Estou em uma situação muito difícil. Acabo de chegar a Portugal. Não tenho ninguém aqui. Este teatro é minha última chance. Me desculpe.

– Vou desculpá-la, Ana.

Ricardo levantou-se e subiu no palco.

“Chegou o meu fim”, pensou Ana. “Ele irá gritar comigo ou fazer coisa pior.”

Procurou Pedro no fundo do teatro. Ele estava levantando. Parecia pronto para vir em seu socorro.

“Ao menos, não serei agredida!”, Ana concluiu. “Pelo menos, não por muito tempo...”

Ricardo chegou bem perto dela.

– Vou desculpá-la por um único motivo, Ana. Porque você é idiota demais para perceber o que estou fazendo. Idiota demais para saber como se faz teatro. Idiota demais para que alguém em um patamar artístico como o meu perca tempo.

Ana não disse nada. Apenas baixou a cabeça. Sua madrasta a tratara daquela maneira durante muitos e muitos anos. Era o estorvo na casa. A idiota que jamais seria algo.

– Sabe qual será o seu castigo? – Ricardo perguntou.

Ana fechou o punho. Se fosse apanhar, ao menos, revidaria.

– Você e todos os outros acabam de perder o diretor. E, sem mim, não há peça. Sabe por quê?

Ana sentiu uma fúria crescer nela.

– Porque você e todos os outros não são nada. Você não é nada.

Ele passou a mão no queixo dela.

Ana se encolheu. Nojo. Repulsa. Raiva.

Fechou mais ainda o punho.

– Eu posso dar uma chance a todos se você for amável comigo. – Colocou a mão nos ombros dela. – Muitas atrizes famosas começaram desta...

Ana não o deixou terminar a frase. Podia ser tudo. Mas não era tão idiota, não como ele pensava. Deu um passo para trás e desferiu um soco no rosto do diretor.

Ele cambaleou para trás. Seu olhar mostrava mais perplexidade do que dor.

– Parabéns, Ana! – Ricardo levou a mão ao queixo, massageando-o. – A peça acabou neste momento. Adeus!

O diretor desceu do palco. Cruzou as fileiras de bancos e foi embora.

“O que foi que eu fiz?”, perguntou-se Ana, sozinha em cima do palco. “O que foi que eu fiz?”

Capítulo 11

– O que está querendo dizer com “não posso”? – Ana reclamou, olhando para Pedro.

– Estou querendo dizer que você não pode tomar esta decisão – ele explicou.

– Não podemos abandoná-los depois de tudo que fizemos juntos.

– Mas eles não estão a par de todos os fatos. Você nem sabe se eles vão querer isso.

– Pedro, eu não posso abandonar tudo, desistir. Este teatro é tudo o que tenho deste lado do Atlântico. – Ela parou e refletiu por um instante. – É tudo o que tenho dos dois lados do Atlântico.

– E quanto a mim?

Ana vacilou. Ela e Pedro vinham se dando tão bem ultimamente que ela se sentiu triste por não ter uma resposta para isso.

Olhe, eu realmente me sinto responsável por ajudar a cuidar do teatro e da peça – tentou desviar o assunto, mas não conseguiu, não era justo com ele. – Você não é fácil, hein? Não sei nem se está falando da gente ou do trabalho. Não dá para facilitar um pouco a minha vida?

– Sou do jeito que sou. – Pedro lançou-lhe um olhar arrogante. – É pegar ou largar!

Subitamente, ao ouvir tanta força em Pedro, ela se sentiu segura, sem saber exatamente o motivo, talvez por ter achado o jeito dominador dele muito sexy. Queria beijá-lo, mas estava com medo de ser rejeitada como fora há poucos dias em seu apartamento.

– Vamos convocar uma reunião – ela sugeriu. – Agora que o diretor abandonou a peça por ser um canalha presunçoso, precisamos pensar como uma unidade só. Vamos fazer uma direção coletiva para a peça continuar viva.

– Você mudou desde a semana passada. É isso o que acontece quando começa a assumir responsabilidades – Pedro olhou para ela como nunca havia feito. Por um segundo, ela viu nos olhos daquele homem tão alto, admiração por ela. – Aposto que você não percebeu isso ainda! – Pedro acusou.

Ele tinha razão. Não parara para pensar muito a respeito. Isso era algo novo, algo que nunca imaginara ser possível, especialmente para uma mulher sem muita autoestima. Mesmo assim, alimentara esperanças de que Pedro, diante dos problemas que ela enfrentava, lhe fizesse concessões especiais para aliviar toda a pressão, pelo menos até a vida voltar ao normal, mas isso não ocorreu.

– Estou atravessando um período difícil, Pedro. – Ela passou a mão no cabelo, colocando os fios atrás das orelhas. – Vejo este momento como a minha última chance. Não posso e não vou voltar para o Brasil. Não quero esta derrota na minha vida.

– Mas aonde é que vamos parar, Ana? – Pedro perguntou irritado. – Fazendo tantas mudanças, assumindo responsabilidades para as quais você não tem conhecimento técnico. Estou tentando ajudá-la e, para ser franco, às vezes, você parece não estar percebendo isso.

– Sinto muito. Eu admito que sou cabeça dura, insegura e uma série de problemas que você pode enumerar à vontade, mas você também tem os seus defeitos. E são bem irritantes.

– Você acha que faço de propósito para te chatear? – ele perguntou.

"Na verdade, acho sim!", Ana pensou.

Na mesma hora se arrependeu. Pedro era difícil, às vezes até mesmo grosso, mas ela precisava se lembrar de que ele estava ali para ajudá-la.

Pedro subiu no palco e Ana foi atrás dele.

"Se ao menos ele fosse mais franco ou direto", Ana pensou melancólica. "Mas um dia vou fazer com que isso aconteça. Embora eu não tenha certeza nem ao menos do que ele sente."

– É melhor chamá-los logo – ela disse com a voz fraca.

– Por quê?

– Se vamos assumir a direção coletiva, quanto antes todos souberem, melhor.

Pedro colocou a mão no rosto de Ana.

– Você não se sente incomodada por isso? – ele questionou, aparentando apenas curiosidade.

– Eu não sei – Ana reagiu. – Não sei o que dizer. Não sei sequer o que fazer.

Ana o olhou fixamente por alguns segundos. Quantas facetas aquele homem podia ter?

– Responda, minha pequena.

– Ainda não sei bem – ela admitiu meio sem graça, confusa com a intensidade do olhar de Pedro. – Sei que tivemos alguns momentos, mas... – Ana se perdeu nos pensamentos. Queria abraçá-lo, beijá-lo. Mas não o faria. Respirou fundo e continuou. – Talvez sejamos muito diferentes para que você me entenda.

Pedro continuou a olhar para ela, sério.

– É verdade! – ele concordou. – Temos pouco em comum, passamos pouco tempo juntos e estamos em meio a muitas coisas.

– Você consegue compreender a barra que eu estou enfrentando?

Algo surgiu em seus olhos. Não exatamente compaixão, apenas um reconhecimento relutante de que aquilo talvez fosse duro para ela. Pelo menos, foi o olhar mais próximo disso que Ana conseguiu em muito tempo, e isso teria que bastar. Ele encolheu os ombros, pouco à vontade.

– Não temos tempo. – Ele desviou o olhar do dela.

Ainda havia muito o que fazer e, embora tentasse parecer no controle da situação, estava apavorada com tudo aquilo, com o que precisaria para recolocar a máquina nos trilhos, mas, principalmente, pensava em Pedro, que não lhe saía da cabeça.

Ana soltou um rápido suspiro.

"Em que diabos estou pensando? Pergunta errada!", corrigiu-se. "Não estou pensando direito, apenas sentindo. Tratando-se do teatro comunitário ou de Pedro, agir assim é sempre perigoso. Deus do céu, ele é atraente, cativante, sexy, charmoso. Tem todas as qualidades para deixar uma mulher tentada a cometer erros. Mesmo em meio a todos esses problemas, não consigo evitar tê-lo em mente o tempo todo. Será que ele faz ideia de que não é apenas uma atração? Bem, terei que esperar para ver. Por ora, melhor começar a pensar na reunião de logo mais."

Ana lançou um olhar para o relógio. Estava ficando tarde. Fez um esforço, afastou-se dele. Respirou fundo.

– Nossos problemas podem ficar para depois. Você entra em contato com o pessoal?

– Deixe comigo.

O momento entre os dois, mais uma vez, passara. Talvez jamais acontecesse e fosse melhor assim. Precisava deixar isso de lado, se concentrar no que era mais importante. Na peça. Em uma maneira de convencer a todos a seguir sua ideia maluca de direção coletiva.

"Se não confio em mim mesma, como eles poderiam? Mais uma vez, dez anos depois, estou em cima de um palco, vendo um precipício se aproximar. Se eu cair, desta vez será para sempre."

"Não posso me prender ao que passou", continuou seu raciocínio. "Qual o sentido em olhar para trás?"

Mas ela estava olhando para trás. Para as feridas do passado e também, por sobre o ombro, na direção de Pedro. Como fugir dos próprios desejos?

Capítulo 12

Ana caminhou, a passos lentos, da coxia até o palco. Tinha na cabeça o discurso elaborado, revisado e ampliado, enquanto esperava os atores chegarem. Precisava fazê-los escutar. Não havia outra maneira. Respeitava todos os atores da peça. À exceção de Manoel, que cada vez mais parecia atrapalhar em vez de ajudar. Mesmo com toda sua antiga fama de criança prodígio dos palcos a atrair possíveis investidores e público para o teatro, ele parecia não se encaixar no grupo. Eram pequenos, mas incontáveis problemas e conflitos, principalmente com Rúbia, que ficaram abafados pela insanidade de Ricardo.

"Eles vão me escutar!", disse a si mesma, no intuito de ganhar confiança. Agora que os conhecia mais a fundo, acreditava não existir grupo mais benévolo e solidário do que aquele.

De todos os modos, sentiu um nó no estômago quando viu seus amigos esperando por ela nas primeiras fileiras.

"Eu os enfrentarei sozinha!", pensou aterrorizada, sentindo o tipo de terror que empapa as costas de um suor frio. "Se ao menos Pedro subisse comigo no palco, ficasse ao meu lado enquanto revelo a demissão do diretor e proponho a eles minha ideia de direção coletiva... Ou... se ao menos ele estivesse perto..."

Mas não. Ele estava sentado ao fundo do teatro. Na última fileira. Não conseguia entender aquele homem. Menos de uma hora atrás estava ao lado dela, agora se afastava mais uma vez, deixando todo o peso em suas mãos.

Enquanto se dirigia ao meio do palco, imaginou se os condenados à morte experimentavam essa mesma sensação de fatalidade e terror quando atravessavam o corredor que os levaria ao fim de suas vidas. Vendo os semblantes do grupo de atores, se questionou se poderia convencer a metade deles ao menos. Seu trabalho como contrarregra no início dos ensaios lhe trouxera intimidade com alguns deles. Principalmente com as meninas; por causa de sua disponibilidade em ajudar, havia caído nas graças delas. Se nada desse certo, poderia implorar, contar sua triste história e dizer que não poderia mais voltar ao Brasil. Eram novos tempos. Tempos felizes, disso tinha certeza. Ali estava sua grande chance, sua redenção, seu lar.

Quando parou de andar, a iluminação de serviço apagou e um facho de luz foi direcionado sobre ela. Sem dúvida, Pedro deixara isso programado. Estavam cada vez mais íntimos. Ela sabia que ele tinha feito isso de propósito. Ele não sabia de todas as suas fobias e traumas. Talvez jamais soubesse. Mas sempre adivinhava mais e mais facetas de Ana, sem que ela fizesse qualquer coisa para mostrar a ele.

– Olá, pessoal! Obrigada por terem vindo – começou a dizer, segurando as mãos uma à outra para disfarçar o nervosismo. – Obrigada por terem vindo tão rápido. As notícias não são boas...

– E quando são? – Manoel gritou. – Esse teatro de amadores está cada vez mais surpreendente.

– Preciso... preciso contar algo a vocês. Primeiro, gostaria de agradecer o companheirismo de todos ao me receberem e queria muito dizer que tem sido um grande aprendizado.

"Preciso apenas de quatro palavras", pensou ela, "que devem ser pronunciadas com firmeza!"

– O diretor nos abandonou.

Ouviu o murmurinho. A luz ofuscava as vistas de Ana e não a deixava ver direito as feições deles. Mas podia imaginar.

– Aquele egocêntrico idiota – Manoel gritou. – Eu sabia que ele jamais aguentaria a pressão. O que lhe sobrava de egocentrismo faltava de talento.

– E agora? – perguntou a voz de Rúbia.

– Não temos tempo de encontrar outro diretor – Manoel disse. – Ninguém irá topar dirigir um bando de amadores como vocês em uma peça fadada ao fracasso em um teatro caindo aos pedaços.

– Eu tenho uma ideia. Talvez nós...

– Ana, lembre-se de que você não é uma atriz, você é uma contrarregra. Fique quieta e limite-se à sua insignificância.

– Manoel, se pudesse escutar o que...

– Não. Não quero escutar nada das bobagens que você certamente vai proferir.

Mesmo tendo presenciado diversas vezes Manoel e Rúbia discutindo, ou mesmo ele criando problemas menores com o restante do elenco, jamais vira ou sequer imaginara tamanha agressividade naquele ator de péssima índole. Talvez a saída de Ricardo tenha sido um golpe muito grande para ele. Afinal, ser dirigido por um diretor famoso poderia ser a grande chance de ele retomar a carreira. De qualquer modo, isso era problema dele, havia outras pessoas lá e por elas valia a pena lutar.

– Se não quiser escutar é só ir embora – Ana retrucou e surpreendeu-se consigo mesma. – Estou propondo uma direção coletiva.

Ana sentiu as pernas amolecerem. Havia já uma década que seguia perdida em um limbo, fugindo dos traumas da infância, da madrasta, do pai que a deixara. Naquele momento, porém, tudo voltara, em uma onda avassaladora. Por mais que vencesse etapas – e muitas foram conquistadas desde que pisara em Portugal – o pior dela sempre estava lá, pronto para subir até a superfície.

Pedro desligou o facho de luz e acendeu a iluminação de serviço. Um alívio e, ao mesmo tempo, um grande problema. Agora ela os via. Podia perceber o medo e a descrença no rosto de todos.

– Então já podemos admitir a derrota – Manoel disse. – Você não pode propor uma direção coletiva.

– Posso! Você não é o único ator desta peça. Pode ser o mais famoso, o único com alguma experiência e blá blá blá. Mas todos aqui têm direito a voto.

– Oh, por favor, Ana. – Manoel se levantou, exibindo gestos histriônicos. – Isso não é um grupo de autoajuda. Ninguém aqui vai dar as mãos e cantar entusiasmado com a sua ideia.

– Cale a boca, Manoel – Rúbia gritou. Pela primeira vez, depois de meses, ela tomava a atitude que vinha prometendo à Ana. A relação de subserviência parecia que chegara ao fim. – Deixe a Ana falar.

Algumas vozes em apoio apareceram.

– Quem for a favor, levante a mão – Ana pediu. – Quem for contra, basta ficar parado.

A grande maioria levantou a mão. Ana reprimiu um sorriso.

– Vocês estão de brincadeira, não é mesmo? – Manoel esbravejou.

Pedro caminhou até a beira do palco. Parecia um deus vindo castigar o pobre mortal que desafiava sua amada em qualquer lugar sagrado da Grécia.

– Sei que apenas arrumo as coisas por aqui. E não consigo fazer muito com os poucos recursos que tenho. O que esta mulher está oferecendo a vocês é a chance de não jogarem fora todo o trabalho. Se aceitarem e não funcionar, pelo menos tentaram. Se recusarem, não há a menor chance de estrearem dia vinte e três de dezembro.

Ana sentiu uma excitação que não experimentava há muito tempo, uma excitação que a surpreendeu e ao mesmo tempo a eletrizou. Pedro tê-la defendido desta maneira era eletrizante. A princípio, sentira-se sozinha naquele palco, agora via alguns aliados dispostos a ir com ela até o fim.

– Ela não é nem mesmo uma atriz de verdade! – Manoel esbravejou, tirando-a do transe. – Não passa de uma contrarregra sem experiência que, por um golpe de sorte, conseguiu um papel.

– Chega Manoel! – Rúbia exigiu. – Estou cansada dos seus momentos de vedetismo ao nosso lado. Você pode ter sido uma estrela na infância, mas agora, passada mais de uma década do seu último sucesso, encontra-se na mesma situação que nós. Não é melhor, nem pior do que ninguém. Deveria levantar a mão e agradecer o sacrifício e a coragem que esta moça teve ao sugerir isto. Ela pode ser a menos experiente, mas ao menos está tentando. Se não concordarmos, você poderá registrar esta peça como mais um de seus fracassos. Que tal?

Manoel encarou Rúbia com fúria nos olhos. Ana estava certa de que ele pularia no pescoço dela para estrangulá-la. Porém, ele não o fez. Claro que havia ódio e violência ali prontos para explodir, mas, ao contrário, ele se encolheu. Ana apostava que tudo que ele desejava naquele momento era ir para o camarim e se afogar na bebida para sonhar com o ator que já fora em dias melhores.

– Vamos à contagem então – Ana pediu.

Aos poucos, as mãos foram levantando. Uma, duas, três, quatro...

Alguns minutos depois, a decisão fora tomada. A maioria vencera. A peça continuaria. Ana seria a responsável por coordenar todos.

"Então, é melhor aproveitar o momento.", concluiu.

Disfarçadamente, fechou os olhos para comemorar dentro de seu próprio mundo, mas foi assaltada pela imagem dos belos olhos verdes de Pedro que vinham acompanhados de todo aquele corpo de quase dois metros de altura. Ana sentiu claramente o cheiro dele no ar.

Pela primeira vez na vida, sentia-se uma mulher plena. A que aquilo levaria?

Capítulo 13

Ana estava sentada no meio do palco, revisando as mudanças propostas pelo grupo. Como coordenadora da direção coletiva, preocupava-se com cada detalhe. O novo formato de direção não deveria manter os caprichos e atitudes fora de propósito do diretor louco que os havia deixado na mão. Entretanto, não era exatamente isso o que mais a inquietava. Queria que todos ficassem satisfeitos com sua atuação como coordenadora do grupo e atriz.

Um dos grandes problemas a serem enfrentados era a questão financeira. Nunca tiveram uma grande quantia em caixa, mas agora que Ricardo saíra e levara dois patrocinadores com ele, não tinham quase nada.

– O que vocês propõem fazer quanto a isso? – perguntou para o elenco. – Não temos nem como pagar seus tickets de metrô.

Arqueando as sobrancelhas, Terezinha, a madrasta da Cinderela, opinou:

– Ana, devemos nos mostrar fortes. Ninguém gosta de cenas de autopiedade. Acho que podemos arcar com esse gasto. Afinal não é tanto assim.

– E o que faremos com o teatro? – Rúbia perguntou. – Está caindo aos pedaços. Já escutei pessoas falando que não viriam aqui porque têm medo até do teto desabar durante a apresentação. – Que tal pedir para o Pedro fazer uma manutenção rápida no que for mais essencial? Daquele tamanho e com todos aqueles músculos, não deve ser difícil. Afinal, ele vale por uma equipe inteira de reparo. – Rúbia sugeriu.

– Mas ele não vai ser pago por isso – Ana franziu o cenho contrariada.

– Seria como um serviço voluntário. Todo Natal ele ajuda no convento das madres, por que não nos ajudaria? Não custa perguntar, não?

Ana teve vontade de dizer que eles estavam bem longe de serem parecidos com um grupo de madres. Porém, contentou-se em aprovar a ideia.

– Está bem. Alguém pode ir chamá-lo?

– Eu vou! – Terezinha prontificou-se.

Um pesado silêncio recaiu sobre o palco. Todos ficaram quietos esperando Terezinha e Pedro. O clima entre eles, que fora de entusiasmo quando aceitaram a direção coletiva, começou a baixar com a notícia da desistência dos maiores patrocinadores.

– Como vai essa conferência? – Pedro perguntou ao subir no palco.

– Estamos com alguns problemas e achamos que você pode nos ajudar.

– O que um simples mortal como eu pode fazer por vocês?

– Sabemos que você tem trabalhado duro, muito mais do que o valor que recebe e, por isso, todos não temos sequer como agradecer. Entretanto, como você deve saber, tivemos um grande problema financeiro com os patrocinadores e o dinheiro que iria para uma reforma estrutural evaporou-se. Alguma ideia?

– Não sei... – ele começou a falar e parou pensativo.

Todos o fitaram à espera de uma resposta.

– Bem, pensando melhor, talvez eu possa tentar...

– O simples sempre funciona – Ana disse. – O que sugere?

– Creio que posso dar uma boa melhorada no visual do teatro. Os problemas estruturais não são grandes o suficiente para nos preocuparmos com acidentes. Se o pessoal do cenário der uma ajuda, tenho certeza de que poderemos dar uma boa maquiada em tudo e fazer esta espelunca parecer digna.

Ana deixou escapar um suspiro que culminou em uma gargalhada gostosa. Pensou em várias coisas que gostaria de fazer naquele minuto, como pular no pescoço de Pedro e dar-lhe mil beijos.

– Era exatamente isto que eu queria ouvir! – Ana disse. – Homens como você são raros hoje em dia. Obrigada, Pedro! Temos uma dívida incrível com você.

– Fico feliz em ajudá-la. – Pedro encarou Ana, corrigindo-se rapidamente. – Digo, fico feliz em ajudar a todos.

Ana sorriu. Por dentro, explodia de alegria.

– Pessoal, tomem suas posições – Ana pediu. – Vamos fazer jus ao esforço do Pedro e darmos o nosso melhor. Do início. Todos em seus lugares.

★ ★ ★

Após o sonoro "era uma vez..." anunciado pelo narrador, Terezinha entrou no palco rodopiando suas vestes de madrasta.

– "Cinderela!!!" – gritava a plenos pulmões, repetindo vez ou outra enquanto dominava o palco com seus movimentos largos e pomposos.

– Estou aqui, senhora – Rúbia respondeu, passeando de um lado para outro do palco, mais sexy do que devia ser. – Já vou preparar seu jantar.

Ana não teve outra escolha senão interferir.

– Rúbia. Isto é uma história infantil, não um desfile pornô. Por favor! Não dá para se concentrar no papel que é para agradar garotinhas pequenas e não os pais dela?

– Hmm... estraga-prazeres... Tá bem, tá bem. Vamos de novo. Só por que é você quem está pedindo.

– Pessoal. De novo. Do começo – Ana pediu.

– Ah, não. Todo mundo já sabe o começo – alguém resmungou.

– Mesmo assim. Vamos lá, sem reclamar, por favor.

Recomeçaram. Os atores repetiram seus gestos, suas falas e todo o começo da cena até que Rúbia parou no centro do palco para dar sua fala.

– Já vou, senhora-madrasta. Eu estava lavando a roupa, tratando das galinhas e limpando a cozinha.

Rúbia olhou ferozmente para Ana e indagou.

– Está bom assim, senhora-diretora? Ou quer que a serviçal aqui faça de novo?

– Não. Não. Agora está ótimo. – Ana ignorou o tom irônico de Rúbia. – Vamos em frente a partir de sua fala. Terezinha. É com você.

– Ufa, até que enfim. Vamos lá.

Terezinha afofou a saia pomposa e abaulada, mostrando-se pronta para continuar o ensaio. Colocou as mãos na cintura e pediu.

– Rúbia, por favor, me dê a "deixa".

– Mas você é folgada, *hein*, Terezinha! – Rúbia voltou à sua marcação e com clara maledicência repetiu o texto. – Já vou, senhora-madrasta, que necessita de *deixa* para seguir com o ensaio. Eu estava lavando a roupa, tratando das galinhas e limpando a cozinha.

– Demorou tanto para fazer só isso? – a madrasta perguntou. – Mas é uma menina preguiçosa mesmo. Vá, vá, vá. Rápido, menina, que molenga!

Assim que o narrador anunciou a entrada das irmãs malvadas da Cinderela, Ana subiu correndo as escadas que levavam ao palco. Ao ouvir Rúbia dar sua deixa, entrou em cena, chamando pela irmã que se tornaria princesa.

– Cindereeeeela! Lixe minhas unhas.

Rúbia não respondeu. Ana olhou para ela e percebeu a falta de atenção ou vontade de continuar o ensaio.

– Rúbia! Mas será possível? É sua vez! – Ana reclamou.

– Ah... desculpem... é que depois de dar a deixa para a grande atriz, a protagonista aqui estava se arrumando para parecer bem lindinha para as menininhas, filhas dos pais lindos que virão me aplaudir, mas nem vão reparar como eu sou gostosa.

– Rúbia, por favor! – Terezinha interpôs. – Isso é um espetáculo infantil. Não seja ridícula.

– Tá bem, tá bem.

Rúbia entrou em cena, com uma escova na mão e uma lixa de unha na outra. Ajeitou o cabelo de uma das irmãs e depois começou a lixar as unhas de Ana.

Duas horas de ensaio depois, a fada madrinha de Cinderela entrou em cena. Rúbia, que sempre ensaiara aquele trecho com mais sensualidade e sempre arrancara elogios de Ricardo por isso, o fez da mesma maneira.

Ana não se conteve.

– Quer parar, Rúbia? Não dá para fazer as coisas direito?

– Claro que dá. Mas aí não tem graça! – Rúbia respondeu.

– Por favor. Precisamos seguir em frente com os ensaios.

– Mas você é uma chata mesmo. Que implicante!

– Vamos repetir a última fala.

Cheia de má vontade, Rúbia retomou o ensaio, desta vez entrando como devia no palco. Mais uma vez, seguiu-se o ensaio.

– O Príncipe a chamou para dançar, mas a meia-noite se aproximava – o narrador leu.

– Eu preciso ir embora agora – Cinderela falou.

– Volte, qual é o seu nome? – o Príncipe perguntou.

– Mas Cinderela havia fugido correndo, antes que o Príncipe pudesse alcançá-la. Deixou apenas seu delicado sapatinho de cristal abandonado nas escadarias do palácio – continuou o narrador.

– E agora? Lá se vai a moça mais linda que já vi! – o Príncipe lamentou, após pegar delicadamente o precioso objeto do chão.

– Não se preocupe, meu filho, encontraremos a dona deste sapatinho – o Rei consolou o filho.

– Mensageiro, faça com que todas as mulheres do nosso reino e dos reinos mais próximos experimentem este sapato – o Príncipe ordenou.

– Sim, Alteza – o mensageiro concordou.

– E quando eu digo todas, quero dizer todas sem nenhuma exceção. Entendido?

– Sim, Alteza – o mensageiro acentiu.

– No outro dia, o mensageiro chegou a casa onde morava Cinderela e sua Madrasta com as duas filhas – o Narrador continuou.

– Abram em nome do rei! – o mensageiro bateu à porta gritando: – O Príncipe quer achar a dona deste sapato. Todas as moças do reino devem experimentá-lo.

Grizelda e Anastácia correram para abrir a porta e alternadamente arrancaram o sapatinho de cristal das mãos do Mensageiro.

– Serve em mim, serve em mim – Griselda gritou, tentando enfiar o pé enorme no sapatinho de cristal. – Ah! Não serviu – Grizelda exclamou desapontada.

– Então serve em mim – Anastácia puxou com força o sapato das mãos de Griselda e tentou expremer os enormes dedos do pé no sapatinho, mas só dois dos cinco dedos conseguiram entrar. – Ah! Não serviu.

Cinderela se aproximou timidamente, o mensageiro se dirigiu a ela.

– Falta você, moça.

– Ha! Ha! Ha! Ha! Ha! Imagine servir nela! – Anastácia caçoou.

– Ela nem foi ao baile – Grizelda informou.

– Entretanto, o sapatinho serve perfeitamente no pezinho delicado de Cinderela – o Narrador prosseguiu.

Assim que o mensageiro, ajoelhado, colocou o sapato em Rúbia, ela o empurrou com o outro pé, fazendo o coitado cair estatelado no chão.

– Rúbia! O que você está fazendo? – Ana questionou. Ela não acreditava no comportamento da amiga. Será que ela sempre agira desta maneira e somente agora, em seu novo cargo no teatro, é que começara a reparar?

– Esse idiota está machucando meu pé. Será que não sabe calçar uma dama?

– Larga de ser idiota, Rúbia. Quem você pensa que é? – Terezinha não deixou por menos.

– Calma pessoal. Rúbia, dá para se comportar? – Ana perguntou exasperada.

– Então, ele que trate de se comportar bem com meu delicado pezinho.

– Por favor... – Ana implorou.

– Tá bem, tá bem.

– Vamos continuar. Supondo que o mensageiro conseguiu colocar o sapato no pé da Cinderela sem ter sido empurrado para o chão. Terezinha, dê a fala da madrasta. E sem deixa.

Terezinha fez uma careta de insatisfação, mas não reclamou e começou a dar o texto.

– Impossível. Ela nem teria um vestido decente para ir ao baile. De mais a mais, eu estava lá e a moça com quem o príncipe dançou usava um vestido lindíssimo e era maravilhosa. Não essa coisa feia e maltrapilha aí!

Manoel entrou meio cambaleante no palco.

– Você quer se casar comigo e ser minha princesa? – Manoel terminou a fala, tropeçou e caiu no chão. Uma latinha de cerveja rolou de dentro de seu casaco.

– Manoel, o que é isso? – Ana gritou.

– Nada...

– Nada como? Você está bebendo desde que horas?

– Foi só essa latinha.

– Impossível você cair só por causa de uma mísera latinha de cerveja. Quantas já tomou?

Manoel se levantou desajeitadamente e, como se conduzisse a todos, declarou:

– Vamos repetir essa cena. – Ele mantinha o dedo em riste como se tivesse dito algo como: "Vamos salvar esse planeta!".

Ana achou melhor não insistir e retomar o ensaio.

– Está bem, Manoel. Entra o Príncipe.

– Você quer se casar comigo e ser minha princesa?

– É o que eu mais quero – Rúbia respondeu e estendeu a mão para o Príncipe.

"Que ótimo", Ana pensou, com desgosto, enquanto abaixava-se para pegar a latinha de cerveja. "Agora ainda tenho que me preocupar com a bebedeira de Manoel pelas muitas horas que ainda temos pela frente. Como não percebi antes o estado alterado dele? Nossa Senhora, como é que eu consegui me envolver tão profundamente com um local capaz de me enlouquecer de tantas maneiras?"

Capítulo 14

Os corredores que levavam aos camarins eram uma das partes mais degradantes de todo o teatro. Infiltrações de água traziam ao local um cheiro terrível de umidade. Não era raro Ana ter que tomar antialérgicos ao passar por lá diversas vezes no dia, melhor ficar com um pouco de sono do que enfrentar uma crise de asma ou espirrar sem parar.

O local lembrava um porão abandonado, onde os pesadelos de qualquer criança impressionável saltariam para atacá-la. Objetos de antigas montagens teatrais acumulavam-se, fazendo o local parecer uma pista de obstáculos. Além disso, tijolos, sacos de areia, refletores e muita madeira espalhavam-se por lá. Por mais que Pedro trabalhasse sozinho, ele jamais daria conta de tudo. No ar, uma poeira fina flutuava quase imóvel. Ana via alguns lampejos desta poeira no pouco brilho dos refletores que teimavam em entrar ali.

O ensaio acabara há uma hora, mas ela não queria ir embora. Mesmo com tantos problemas, gostava cada vez mais do teatro.

– Ei! – alguém gritou do alto.

Ana olhou para cima. Encontrou Pedro pendurado em uma das dezenas de estruturas que se espalhavam pelo teto.

– Oi! – ela gritou de volta. – Você não cansa de viver nas alturas?

– Não! Quer subir?

– Não. Obrigada. Não sou chegada a lugares altos.

– Deixe de ser chata. Você vai ter uma nova perspectiva de todo o teatro daqui de cima.

– Não sei... – Ana relutou.

Percebia que iria ceder. Para piorar, como sempre, ele estava sem camisa. Ela ainda não sabia se o fazia de propósito ou era apenas um hábito. Qualquer que fosse o motivo, ela não encontrava razões para reclamar. Se alguns dias atrás, ele estivesse desta maneira consertando a cama dela, não haveria nada no mundo que a impedisse de atacá-lo. Perderam a oportunidade naquele dia. Não sabia dizer se isto fora bom ou não. Do ponto de vista físico, fora péssimo.

– Vamos lá! – ele a estimulou. – Eu te seguro. Não vou deixá-la cair.

– E como faço para subir?

Pedro virou para trás, pegou algo e jogou na direção dela. Um cabo desceu lá de cima.

– Você tá maluco? – ela gritou. – Não vou subir pendurada nisso.

Um cinto de segurança caiu ao lado dela.

– Põe na cintura e fecha o mosquetão. É superseguro.

Ana seguiu as instruções. Devia estar completamente maluca por aceitar aquilo. Ele estava a mais de sete metros do chão. Se caísse, mesmo do meio do caminho, poderia ser fatal.

★ ★ ★

Quando Ana chegou ao lado de Pedro, ele a segurou entre seus braços fortes. O coração de Ana batia rápido e sua cabeça estava tonta, não sabia se devido à adrenalina da subida ou se pelos músculos de Pedro que apertavam sua cintura. Olhou para baixo e arrependeu-se.

– Se você parar de olhar para o chão, prometo que vai ficar mais tranquila.

Ela obedeceu. Virou-se na direção dele. Suas bocas ficaram a poucos centímetros de distância. Mas não era isso o que mais lhe chamava a atenção naquele momento.

Eram os olhos, percebeu Ana, os maiores responsáveis pelo charme dele e, como consequência, por grande parte da atração que sentia. Não era apenas a cor, embora algumas mulheres suspirassem diante de um verde tão profundo e vibrante. E sim a expressão, a incrível intensidade do olhar, que lhe dava a sensação de estar sendo, não apenas observada, mas invadida. O olhar de um caçador, decidiu. Nunca quisera ser presa de homem algum, mas ali estava alguém que poderia devorar-lhe.

– Vamos! – ele disse, sorrindo da situação.

Ana ainda estava em dúvida quanto às intenções. Era óbvio que ele já percebera a atração que ela sentia. Era impossível não ter notado o quanto ela o desejava. Toda hora se perguntava se ele a ignorava por não sentir nada ou era um jogo de sedução para levá-la à loucura.

Pedro segurou a mão de Ana, levantou-a e a puxou atrás de si.

– Lembre-se de não olhar para baixo. Daqui a pouco você acostuma.

Caminharam sobre a estrutura até chegar acima do palco. Todas as luzes estavam acesas. O tablado de madeira parecia um lugar mágico daquele ângulo. Um calafrio a percorreu. Por um momento, esqueceu-se de Pedro e de tudo que passara até aquele momento. Tanto as alegrias, quanto as tristezas. Logo a peça começaria e ela estaria bem ali, diante de uma imensa plateia.

– Ainda tem muito trabalho! – Pedro disse.

– Sim – ela respondeu, voltando ao presente. – A estrutura do teatro está muito ruim. Mesmo com todo seu esforço, é muito trabalho.

– Não estou falando do teatro. Estou falando da peça.

– Como assim?

– Observo de um ângulo diferente. Vejo as brigas e as insastisfações com um olhar diferente do seu. Essa direção conjunta não está funcionando. É preciso que alguém assuma a responsabilidade sozinho.

– Acho que você tem razão! – concordou, soltando o ar. – Mas não vejo como contornar isso.

– Rúbia é apenas uma mimada que deseja todos os olhos voltados para ela. Ma um dos grandes problemas, provavelmente o maior, é o Manoel. Desde a saída do Ricardo, ele ficou mais displicente.

– Mais bêbado, você quer dizer.

– Também.

Um barulho atraiu a atenção de Ana. Uma porta batendo.

– Ainda tem alguém no teatro? – ela questionou.

– Também achei que estávamos sozinhos. O som veio dos camarins e das salas de administração.

– Será que algum ladrão ou vândalo entrou?

– Vamos descobrir.

Pedro ficou em pé, segurou a mão de Ana e a conduziu por outro caminho, até chegarem perto dos camarins. Ele permanecera calado durante todo o trajeto. De cócoras, observaram o corredor cheio de portas. Estava na penumbra. Apenas uma fresta de luz saía de um cômodo.

– Que sala é aquela? – Ana perguntou.

– A do Tiago. Deve ter esquecido algo importante para ter voltado a esta hora.

– Vamos ajudá-lo? – ela perguntou.

Pedro amarrou o cinto de segurança em volta do quadril dele, jogou uma corda lá para baixo. Num gesto forte, segurou Ana pela cintura e a puxou para junto de si.

– Segure firme em mim.

– Desse jeito, vou achar que isso é uma desculpa para eu te agarrar.

– Pode ser. Mas não sou eu quem vai confirmar. – Ele a apertou com ímpeto.

– Isso é maldade! – Ana comentou ao entrelaçar seus braços ao pescoço dele.

Os dois riram. Começaram a descer. Ana estava de frente para ele. A cabeça apoiada no ombro, a boca encostava-se ao pescoço dele, conforme progrediam. Desejou dar um pequeno beijo nele. Depois, veio-lhe a ideia de morder a ponto de deixar uma marca. Mas resistiu. Não era assim tão abusada. Além do mais, o susto poderia fazê-lo perder o controle e, mesmo com o cinto de segurança, poderiam acabar se acidentando.

★ ★ ★

Em frente ao escritório de Tiago, Pedro empurrou de leve a porta. O produtor estava mexendo em algo escondido atrás de um quadro. Ana concluiu que se tratava de um cofre.

– Tiago! – Pedro chamou.

O produtor deu um salto. Virou-se de frente para os dois revelando olhos estatelados. Em suas mãos, segurava dois pacotes pardos.

– Nossa! – ele disse. – Vocês querem me matar de susto?

– Desculpe-nos! – Ana justificou. – Não era a nossa intenção. Achamos que estávamos sozinhos aqui e quando vimos você, pensamos em ver se precisava de alguma coisa.

– Obrigado. Está tudo bem.

– O que você está fazendo? – Pedro perguntou.

– Todo dia retiro nosso dinheiro do cofre. O teatro não é o lugar mais seguro do mundo.

– Não acho provável alguém nos roubar – Pedro declarou.

– Seguro morreu de velho.

– Você o leva para casa todo dia? – Ana indagou.

– Sim. É um velho hábito! – respondeu, guardando os dois pacotes em uma mochila. – E vocês, o que fazem aqui até esta hora? Também achei que não havia mais ninguém.

Os dois se entreolharam. Quase riram com a situação. Sem dúvida, qualquer argumento pareceria apenas uma desculpa esfarrapada para ficarem juntos no teatro.

– Vocês dois... – Tiago disse. – ... formam um belo casal.

– Nós não somos um casal – Pedro afirmou.

– Sei. Sei. – Tiago colocou a mochila nas costas. – De qualquer maneira, isso não é problema meu. Agora, se me dão licença, vou para casa. Fiquem à vontade. O lugar é todo de vocês.

Ana sentiu o rosto esquentar e observou Pedro sorrir. Imaginou-se uma adolescente pega no pulo com o namorado no quarto dos pais. Não tinha acontecido nada entre os dois. Não sabia o que lamentava mais, ser culpada por algo que não fizera ou não ter feito nada do que gostaria de ser culpada.

Capítulo 15

Os piores pesadelos sempre envolvem a terrível sensação de queda. A espera do instante em que atingiremos o fundo. A espera que algo terrível e sem retorno aconteça. Não poder fazer nada para evitar o fim é provavelmente a melhor receita do mundo, ou a pior, para o horror absoluto.

Nas trevas, Ana foi girando, tentando se agarrar a qualquer coisa, para interromper sua queda, mas não havia nada. Só a escuridão que a tragava cada vez mais. Apenas o nada a passar por ela. Haveria algo, somente no instante em que abraçasse a morte. Logo veio um baque forte e as trevas que a envolviam tremeram.

Ana abriu os olhos. Cochilara na coxia do teatro. Maldita alergia. Graças ao efeito do remédio, às vezes não conseguia controlar o sono. De mais a mais, ela não podia esconder também a verdade. Evitava cada vez mais voltar para casa. Embora Sabiá ainda servisse de alento, aquele lugar a oprimia cada vez mais. A presença e as lembranças de bons e maus tempos com o pai tornavam-se cada vez mais fortes. Não sabia há quantas horas estivera ali. Nem que horas eram.

O barulho chegou até ela mais uma vez. Algo caía pesado no palco. Levantou-se e foi até lá descobrir do que se tratava. No caminho, olhou para o relógio. Já era tarde da noite. Àquela hora, não devia haver mais ninguém em todo o teatro.

Saiu da coxia e entrou no palco. As cortinas estavam fechadas. Estavam isolados. Pedro puxava os cabos dos refletores. Para variar, estava sem camisa. O torso musculoso nu, suor escorria por ele.

– Pedro – ela chamou.

Ele virou para ela e sorriu. Prendeu o cabo e foi até Ana.

– Está ficando tarde, Pedro.

– Eu sei. – E se aproximou de um jeito que nunca fizera antes.

Ana pensou em dar um passo para trás, mas não o fez. Queria aquele homem. Naquele lugar. Lutou para não agarrá-lo. Deitar-se com ele agora poderia ter consequências desastrosas. Na noite passada, resistira bravamente aos desejos e impulsos do próprio corpo. Por alguns instantes, percebeu que Pedro também passara a evitar qualquer contato físico. Contudo, hoje, passado mais um dia pensando nele e em todas as deliciosas loucuras, muitas que jamais realizara, não sabia se teria forças para resistir.

Ele pegou uma de suas mãos pelo pulso e a levou à boca para mordiscar-lhe os dedos.

– Adoro vê-la nervosa, Ana. – Passou a língua pela palma de sua mão. – Seus olhos travam uma enorme batalha entre o que você gostaria e o que acha que é melhor para você.

– Eu sei o que é melhor para mim.

Quando ela crispou a mão, Pedro se contentou em roçar os dentes sobre os nós dos dedos. E sorriu.

– E você sabe do que gostaria?

"Disso!", pensou ela. "Gosto muito disso."

– Não sou uma criança que se entrega sem pensar às coisas de que gosta. As consequências neste momento podem ser grandes.

– Há coisas que valem as consequências. – Pegou o rosto dela entre as mãos e o manteve imóvel. O leve traço de impaciência que Ana sentiu nos dedos de Pedro apenas o tornou ainda mais sedutor.

Pedro puxou a cabeça de Ana para trás com tamanha determinação que a deixou surpresa e mais excitada.

– Você mexe comigo, Ana. Não sei bem o porquê, mas não consigo mudar isso. Decidi parar de tentar entender e resistir. O melhor é aceitar as coisas como elas são.

Sua boca estava a milímetros da dela. Ana se sentiu sugada, de modo incontrolável, para um lugar que tinha medo de ir.

– Os dois têm de estar de acordo.

– É verdade. – Ele deixou a língua contornar os lábios dela. Ana começou a tremer. – Mas nós dois sabemos que, se eu insistisse, passaríamos a noite fazendo amor.

Ela teria feito que não, mas a boca dele fechou-se sobre a dela. Ele estava certo, total e completamente certo.

– Quero você, Ana. Mas prefiro que seja do jeito certo. – Ele se afastou e se sentou.

– E o que eu prefiro, não conta? – A respiração de Ana estava ficando rápida demais e a necessidade cada vez mais premente. – Talvez você esteja errado. Se você insistisse...

– Já seríamos amantes.

– Você não quer saber como eu me sinto?

– Eu sei. Você deixou bem claro. Eu andei pensando muito sobre isso, talvez até demais, nas últimas semanas.

Ana não entendia por que resistia agora que ele cedera. Precisava colocar uma distância entre eles, e rápido.

– Também andei pensando muito sobre essa situação. Trabalhei duro para estabelecer a rotina e o ambiente adequados a esta peça. Assumi mais responsabilidades do que tenho condições. Não vou arriscar isso.

– Não consigo ver como uma relação comigo poderia colocar a peça em perigo – Pedro retrucou.

– Talvez não, mas preciso ter certeza disso.

Ele se levantou rapidamente e a puxou para si.

As pernas de Ana tremeram. O braço musculoso de Pedro a fazia sentir-se protegida.

– Você imagina que eu faço isso só por diversão, Ana? – perguntou, sacudindo-a de leve. – Que fico neste jogo de gato e rato com você porque gosto?

– Por que o faz então? – ela questionou, percebendo que não havia mais volta a partir daquele ponto.

Ele a levantou nos braços.

Ao ser erguida como uma boneca, Ana sentiu o poder dos músculos de Pedro. Enroscou as pernas no quadril dele e deixou-se ser beijada. Um beijo longo e demorado.

Pedro dobrou os joelhos até chegarem ao chão. Deitou-a e ficou por cima. Ana percebeu o quanto gostava de todo aquele peso sobre ela. Aquilo a excitava, a fazia sentir-se desejada e protegida. Mordeu-lhe o pescoço em um impulso. O gosto de suor era salgado. Delicioso.

Ana levou a mão até o cós da calça de Pedro e começou a abaixá-la. Não tinha forças para tanto. Ele arqueou um pouco o corpo e o fez para ela. Aproveitou o momento e tirou-lhe as calças também.

Apenas de calcinha, sentiu de forma diferente todo o peso de Pedro sobre sua pele. Sem perder tempo, ele segurou no meio da blusa dela. Não parou para abrir os botões, simplesmente rasgou o tecido branco e deixou-a apenas de sutiã.

Ana percebeu que estava seminua no palco. Não sentia a menor vergonha ou medo desta vez. Pedro a desejava daquela maneira, a protegia com seu corpo enorme. Finalmente, fariam amor. Nada poderia atrapalhar aquele momento. Estava entregue. Feliz.

★ ★ ★

A mão de Pedro entrou em sua calcinha e começou a baixá-la. Ela queria ajudá-lo. Mas suas mãos estavam ocupadas arranhando as costas dele. Há muito tempo não se entregava a um homem, aliás, agora percebia que jamais estivera com um homem de verdade. Apenas com garotos bobos que não sabiam direito o que estavam fazendo.

Um farfalhar de pano chegou até os ouvidos dela. Não deu importância. Não queria prestar atenção em mais nada a não ser em Pedro e no prazer.

A voz de Manoel chegou até ela.

Pedro descolou-se do corpo dela em um único impulso, revelando-lhe o maior de todos seus pesadelos.

A cortina estava aberta. Em frente ao palco, o desgraçado bêbado do Manoel olhava e sorria. Devia ter caído bêbado em algum lugar após o ensaio e não fora embora.

Pedro arregalou os olhos com perplexidade. Voltou-se para ela, mas não disse nada.

Ana queria sumir. Mas não podia. Via-se mais uma vez seminua no palco. Um frio percorreu-lhe a espinha. Estragara tudo pelo que tanto batalhara nos últimos tempos.

Pedro levantou-se e a puxou para si. Ele a continuava protegendo, tentando cobrir seu corpo.

– Belo lugar para transar! – Manoel gritou. – Acho que vou sentar e assistir da primeira fileira o show.

Aquilo foi a gota d'água. Ana soltou-se de Pedro e correu para a coxia. Queria fugir dali. Voltar ao apartamento, pegar o Sabiá e de lá tomar um voo para o lugar mais longe que conseguisse. Estragara tudo. Mais uma vez.

Capítulo 16

Ana abriu os olhos. Desejou não tê-lo feito. Queria continuar inconsciente e não ter de refletir mais sobre o que acontecera na noite anterior. De uma coisa tinha certeza, se continuasse a pensar, enlouqueceria, ou pior, voltaria a se fechar em sua concha, desta vez, para nunca mais abri-la. Depois que correra para os bastidores do teatro, Pedro fora atrás dela. Ele fora doce e carinhoso. Entretanto, naquele momento, estava tão abalada que acabaram discutindo. Um erro terrível cometido por ela. Talvez não houvesse mais volta para eles, de tão intenso que fora o bate boca.

O vazio deixado por sua discussão com Pedro não se evaporara. Ela estava se sentindo instável, embora de certa forma empolgada por ver que, no fundo, existia alguma coisa entre os dois. O interesse era mútuo, não só da parte dela.

Uma emoção forte disparou em sua memória, deixando-a muito agitada, enquanto ajeitava a cama desarrumada.

Estava louca para conversar com Pedro, vê-lo de novo. Entretanto, não ousaria ir atrás dele. O que poderia fazer?

Enfiou-se debaixo do chuveiro. Chorou. Parou. Chorou de novo. Resolveu não conter as lágrimas. Iria deixá-las sair até sentir-se melhor.

Já era quase meio-dia quando começou a secar os cabelos em frente à janela. Tiago lhe veio à mente mais uma vez.

"Minha nossa!... Tiago! O que será que aconteceu com ele ontem?"

Não vira o produtor no dia anterior. Era a primeira vez que ele não ia aos ensaios para importunar e fazer discursos chatos sobre custos e contenção de despesas. Ainda não decidira, ou melhor, não conseguira decidir como iria lidar com o acontecido da noite anterior. Tinha todo o domingo para isso. Contudo, a ausência de Tiago era algo que a incomodava. Chegava até a ofuscar o rosto idiota do Manoel sorrindo e analisando o corpo dela.

Ana agarrou o telefone. Tentou várias vezes, mas a ligação caía sempre na secretária eletrônica. Tentou o celular; ia direto para a caixa-postal.

Sentiu-se meio deslocada. Aquele era o primeiro domingo depois de várias semanas, que mais pareciam meses, em que ela não estava com o grupo do teatro comunitário. Perdera o costume de ter tempo livre.

Deveria fazer uma faxina completa no apartamento, do chão ao teto, mas não estava disposta ou com humor suficiente para isso. Ou poderia passar o dia esparramada diante da telinha, ali chamada de ecrã, zapeando por todos os canais. Mas pareceu-lhe que o controle remoto olhava para ela de um jeito acusador, sentindo-se abandonado. O pior é que ela sentiu vontade de se desculpar com o seu constante companheiro, o tal controle remoto, garantindo-lhe que ainda o amava muito, muito... Sorriu pela incongruência do pensamento! Tinha certeza que se decidisse ficar sozinha, assistindo qualquer bobagem na TV, acabaria entrando em depressão. Primeiro, viria o tédio e, depois, a maldita autopiedade. Ficar sem fazer nada era sua última escolha.

Sabiá pulou no parapeito da janela e miou, encarando-a. Dali, pulou no seu colo, aconchegando-se gostamente à dona.

Ana resolveu levá-lo para dar uma volta. Sair dali e respirar ar puro só faria bem a ela. Pegou a coleirinha do gato e foi para a porta.

– Venha, Sabiá. Vamos passear.

O bichano veio correndo. Ana o acariciou com gosto. Saíram os dois para enfrentar o dia fresco de outono. Passearam pelas ruas calmas do entorno do prédio onde morava. Não podia deixar de comparar com as ruas de Vila Mariana e adorar onde morava agora. Continuou caminhando, sem destino, apenas desfrutando da companhia de Sabiá.

– Este solzinho não está uma delícia, Sabiá? – perguntou para o gato. – Deveríamos passar a eternidade andando por esta única rua. Congelados em um bom lugar sem nada para nos preocuparmos.

Sabiá ronronou como se concordasse.

Quem passava e ouvia, não entendia a moça: aquilo era um gato ou um pássaro?

Antes de voltar para casa, Ana parou em uma das muitas Churrasqueiras espalhadas pela cidade. Dividiu alguns pedacinhos de carne com Sabiá e recordou-se dos animados churrascos de fim de semana em São Paulo. Animados para os outros, ela sempre ficava meio de lado. Como odiava cerveja, a bebida preferida do brasileiro, e todos a tomavam aos litros nestas ocasiões, logo não encontrava sequer uma companhia sóbria para conversar.

Subiu para o apartamento, soltou Sabiá da coleira e foi até o telefone. Ligou novamente para Tiago. Ninguém atendeu. Decidiu ligar para Rúbia. Nos últimos dias, tivera alguns atritos com ela durante os ensaios, mesmo assim, ainda gostava dela e, naquele momento, seria bom ter alguém para conversar. Talvez, até tomasse coragem para contar o que acontecera.

– Alô. Rúbia? – Ana perguntou quando ouviu o som habitual de telefone sendo atendido.

– Pronto.

– É a Ana.

– E quem mais seria? Com seu sotaque, não precisava nem se identificar.

Ana ficou em dúvida se ela estava brincando ou sendo rude. Achou melhor deixar para lá.

– Tudo bem com você? – Ana perguntou.

– Tudo. Aconteceu alguma coisa?

– Quer ir comigo ao centro, fazer umas compras?

– Boa ideia. Estou sem fazer nada. Podemos nos encontrar no Almada Fórum, no portão principal – Rúbia sugeriu.

– Ótimo. Acredito que em menos de meia hora esteja lá.

– Acho que é o tempo que também levarei.

– Então, até já.

Terezinha contara a Ana a história de Rúbia. A atriz tivera algum sucesso no palco há alguns anos, mas não estava tendo sorte em conseguir bons papéis. Durante algum tempo, estrelara uma peça no papel de uma mulher que usava o corpo para seduzir e enganar os homens, uma pálida imitação de como Rúbia era na verdade. De certa forma, isso fora conveniente e servia como desculpa para seu comportamento bizarro fora dos holofotes. O sucesso lhe subira à cabeça e passou a acreditar que era um dos maiores símbolos sexuais do país, passando a tratar como lixo quem não a bajulasse. Depois do final da temporada daquela peça, não conseguiu mais nenhum papel e resolveu "trabalhar pela comunidade" doando o que achava ser um enorme talento para o teatro comunitário. Sem um contrato que lhe rendesse bons frutos financeiros, ela não teve outra escolha a não ser procurar formas de ganhar dinheiro, as quais Terezinha não aprovava. Não sabia se era verdade, mas era o que se espalhava à boca pequena.

Perdida nestes pensamentos, tentando usá-los para abafar o que acontecera com Pedro, Ana pegou o metrô para ir ao Shopping.

Encontrou-se com Rúbia. Passearam por algumas lojas até que se depararam com uma grife americana muito famosa e cara, inaugurando o primeiro estabelecimento no país. Uma hora depois, experimentando as roupas da loja, Ana, que não gastava excessivamente e não iria mesmo comprar nada ali, resolveu sair à procura de algo que estivesse de acordo com o seu poder aquisitivo.

– Rúbia, vou àquela loja de departamento do outro lado do Shopping. Depois a gente se encontra. Tudo bem?

– Certo. Você tem jeito de que só compra suas roupas em lojas cafonas mesmo. Vou experimentar mais algumas coleções e decidir o que levar.

Na loja de departamentos, em vez de se enfiar na seção de roupas, Ana viu-se vagando pelo departamento de artigos de toalete masculina.

Como quem não quer nada, pegou uma loção pós-barba, cheirou-a e, em seguida, colocou-a de volta na prateleira. Depois outra. E outra. Com vagar, mas de forma constante, passou de prateleira em prateleira, até pegar um dos frascos, abri-lo e quase desmaiar. Toda a volúpia e o desejo do dia anterior voltaram de repente. Tornou a sentir o aroma, respirando bem fundo dessa vez, com os olhos fechados, embalados em recordações. Conseguiu sentir a pele de Pedro, a excitação que circulara dentro dela como um pássaro engaiolado, o jeito com que ele a tinha feito se sentir adorada e acalentada. Este era o perfume dele. Chegou a pensar em comprar um vidro, mas conseguiu se segurar. Esse tipo de comportamento era para gente doida. Sentir o perfume no meio da loja, tudo bem, mas comprar e levar o cheiro para casa era triste demais. Sacudiu a cabeça, como se jogasse fora esses pensamentos insanos.

Voltou à loja famosa e encontrou Rúbia, ainda experimentando tudo à sua volta, para desespero da vendedora, que parecia desconfiar da intenção da atriz de não levar sequer uma peça.

Ana percebeu que não conseguiria se abrir com a amiga e contar o que acontecera. Sem paciência para continuar ali, decidiu ir embora.

★ ★ ★

Ana voltou para o apartamento. Deu leite ao Sabiá e abriu a geladeira. Ficou parada, olhando o interior da mesma, de um branco apagado e sujo, praticamente vazia. O desconforto que sentia no estômago era mais que fome. Era um pressentimento.

Tiago. Ela não aguentaria esperar até o dia seguinte. Bateu a porta da geladeira. Resolveu ir até a casa do produtor. Pegou a bolsa e se apressou até a estação do metrô.

Chegando ao endereço que encontrara nos documentos da peça, tocou a campainha repetidas vezes. Ninguém atendeu. Achou que anotara o endereço errado. Estava quase indo embora, quando chegou uma vizinha.

– Com licença. Estou procurando o Tiago. A senhora o viu?

– Ah, sim. Ontem à noite mesmo eu o vi com algumas malas. Perguntei se estava saindo de férias. Mas ele apenas respondeu que houve um imprevisto de trabalho.

– E ele não deixou nenhum endereço?

– Nenhum. Não somos amigos. Apenas nos cumprimentamos. Só isso.

– Desgraçado! Ladrão! Ladrão desgraçado! – Ana gritou mais alto do que pretendia. – O que vai ser do teatro agora? – gaguejou quase se engasgando. – O que vai ser de nós? Não é só pelo dinheiro... Todo o tempo destinado aos ensaios, aos figurinos... – Ana estava perplexa, não sabia o que fazer. – Como ele pôde fazer isso? – E começou a chorar.

– Moça, quer um copo d'água?

– Não, muito obrigada. Quero encontrar e matar o desgraçado, enfiar-lhe todas aquelas malditas planilhas goela abaixo.

– Não quer entrar um pouquinho, até se acalmar?

– Não, não.

– Nunca gostei desse rapaz. Jamais confiei nele. Pela sua reação, acho que não me enganei. Entre um pouquinho. Não quer uma chávena de chá?

– Não, não se incomode. Não quero dar trabalho. Fico muito agradecida, mas preciso pensar no que fazer.

– Está bem. Mas se mudar de ideia é só bater na porta, certo?

– Obrigada.

Saiu do local sem saber para onde ir. Após uma hora de descrença, seu choque inicial passara. Só então foi capaz de pensar em quais providências deveria tomar primeiro.

Mais tarde, iria encarar a todos. Não teria como fazer rodeios quanto ao fato de terem sido roubados. Quando terminasse, seria o fim do teatro e de todos seus sonhos.

Capítulo 17

No dia seguinte, Ana chegou uma hora mais cedo ao teatro. Antes de dar as más notícias ao elenco, queria investigar a sala de Tiago. Procurar algo que pudesse lhes dar esperança. Sabia onde ficava o cofre, mas ela e Pedro, que seria sua testemunha, haviam presenciado o produtor retirando todo dinheiro de lá, por isso nem se daria ao trabalho de dar uma olhada nele.

Sentou-se à escrivaninha de Tiago, juntando todos os documentos e planilhas que encontrou. Tentou entendê-las, mas parecia grego, o que não alterava muito a situação deles, já que não era importante o quanto ele roubava. Saber disso ou não, os deixaria na mesma situação: sem dinheiro. Bem longe de conseguir honrar compromissos com fornecedores ou ter recursos para comprar o que faltava.

Sem esperanças, levantou-se e foi na direção do palco. Os atores deviam estar começando a se preparar para mais um dia de ensaio. Cruzou os corredores cheios de tralhas e material de construção. Pensou em Pedro. Ele também já deveria ter chegado. Não sabia ainda como reagiria quando o encontrasse. A discussão da noite anterior fora muito grande, e ela não o conhecia o suficientemente bem para saber como ele reagia a este tipo de situação.

Saiu das coxias e entrou no palco. Todos estavam lá. Havia certo entusiasmo entre eles. Odiava ser portadora do que seria o fim daquele sonho real.

Encontrou Manoel entre eles. Seus olhos se cruzaram e o idiota deixou um sorriso cheio de malícia formar-se no rosto.

– Bêbado idiota! – ela sussurrou.

A vontade de Ana era gritar o mais alto possível para ele ouvir. Todavia, se tomasse esta atitude naquele momento, o que era ruim se tornaria pior.

Viu Pedro descendo a fileira central entre as poltronas da plateia. Ele a olhava direto nos olhos.

"Meu Deus!", pensou Ana. "Com quanta coisa tenho que lidar! O que vai acontecer com nós dois quando ele souber que *Cinderela* não irá mais acontecer?"

Pedro subiu a escada que levava ao palco e foi direto até ela.

– Oi, Ana – ele a cumprimentou. – Podemos conversar?

– Teremos que deixar nossos problemas pessoais um pouco de lado. Tenho péssimas notícias para dar.

– O que aconteceu desta vez?

– Traição. Roubo. O Tiago...

Rúbia aproximou-se deles, interrompendo a conversa.

– Olá, Ana. Olá, Pedro – ela cumprimentou. – Vou ter que sair mais cedo hoje, tenho um compromisso. Então, se começarmos logo, conseguirão terminar o ensaio com a presença da sua protagonista.

– Tenho algumas coisas para falar antes – Ana anunciou.

– Demora? – Rúbia questionou, colocando as mãos na cintura. – Não vou perder meu encontro de jeito nenhum.

– Farei o possível para ser breve. Por que não me ajuda a fazer o pessoal sentar e prestar atenção?

Ana e Rúbia chamaram todos. Pediram para se sentarem nas primeiras fileiras. Mesmo sem saber a razão, obedeceram sem protestar.

– Pela sua cara, vamos receber alguma notícia ruim... – Terezinha comentou. – Será que este ciclo terrível nunca terá fim?

– Pelo que vejo, estão todos aqui – Manoel disse. – Então, acho que pelo menos ninguém desisitiu. Se mais alguém o fizesse, não seria de se estranhar.

Ana ignorou os dois. Fechou os olhos por um segundo, respirou fundo, soltou o ar e olhou um por um. Todos ali entendiam muito mais de teatro do que ela. Como acabara na posição de líder era algo que não conseguia compreender.

– Três dias atrás – começou Ana –, eu e o Pedro ficamos no teatro até mais tarde. Pensamos que estávamos a sós aqui.

– Ué? – questionou Manoel. – Não foi há...

– Cale a boca, idiota! – Pedro falou, fechando o rosto de tal maneira que a ameaça física era evidente.

Manoel engoliu em seco e voltou o olhar para Ana.

– Como eu dizia – continuou Ana –, há três dias, eu e Pedro vimos, tarde da noite, uma luz no escritório do Tiago. Fomos até lá e encontramos o produtor. Ele estava tirando o dinheiro da produção do cofre. Perguntamos o motivo e ele nos informou que fazia isso toda noite por medo de alguém entrar e nos roubar.

Ana parou para tomar fôlego. Dissera tudo aquilo sem respirar. Percebia um suor gelado escorrendo por suas costas.

– Na hora, não demos importância ao fato. Pouco depois, fechamos tudo e saímos também. Como vocês todos devem ter notado, há dois dias o Tiago, pela primeira vez desde que estou aqui, não veio nos supervisionar e nos torrar a paciência com suas malditas planilhas de custos. Estranhei muito e, ontem, fui até a casa dele. Uma vizinha me informou que ele abandonou a casa às pressas. Liguei centenas de vezes no celular dele e todas caíram na caixa postal.

– Você acha que ele nos roubou? – Terezinha perguntou, agitando os braços em descrença.

– Sim – Ana respondeu. – Acho que ele levou embora todo o dinheiro do teatro. Sendo assim, não vejo como podemos continuar a peça.

– Ladrão! Ladrão! – Manoel gritou. – Desgraçado!

– E agora? – Terezinha perguntou. – O que faremos?

– Não conheço as leis portuguesas, mas acho que primeiro devemos ir até alguma delegacia e depois não sei o que fazer. Duvido que recuperem o dinheiro a tempo de continuarmos com o espetáculo.

– Acabou – Manoel disse. – Estou fora! Quem tiver um pingo de inteligência me acompanhe!

Todos começaram a falar ao mesmo tempo. A maioria parecia concordar com o ator.

– Calma! Calma! – Pedro tentou tranquilizar o pessoal. – Vamos ver o que acontece depois que voltarmos da delegacia. Quem sabe eles consigam resolver isso rápido!

– Impossível! – Rúbia declarou. – O Tiago não é idiota. Deve estar bem longe daqui.

– Não tem mesmo como fazermos o espetáculo? – Terezinha questionou. – Nós nos dedicamos por tanto tempo! É muito triste desistirmos agora...

– Eu não sei, pessoal – Ana falou. – Tenho muito orgulho de termos chegado até aqui, mesmo com tantos problemas. Peguei todos os papéis que encontrei no escritório do Tiago. Talvez alguém aqui consiga descobrir o que já foi pago e o que ainda falta.

Terezinha subiu no palco. Sem falar nada, abraçou Ana.

– Obrigada, querida! – Terezinha sussurou em seu ouvido. – Sua força de vontade é inspiradora. – Virou-se para o elenco. – Como todos vocês sabem, sou uma atriz amadora. Profissionalmente, ganhei a vida como analista contábil em grandes empresas. Entendo bastante de finanças. Se nenhum de vocês se opuser, gostaria de analisar os papéis antes de tomarmos uma decisão. Quem estiver disposto a nos dar esta chance, levante a mão.

Com exceção de Manoel, todos ergueram as mãos.

★ ★ ★

Uma hora depois, Terezinha voltou ao palco. Ana olhou para a simpática senhora à procura de alguma pista. O semblante dela não revelava nada.

– Desculpem a demora. Obrigada por esperar e...

– Fale logo, Terezinha! – Manoel gritou. – Não fica enrolando.

– Cale a boca! – Rúbia gritou.

– A situação é terrível! – Terezinha anunciou. – A maioria dos fornecedores não foi paga. Está tudo atrasado. Temos dois caminhos: ou desistimos e vamos embora ou tentamos negociar prazo com eles.

– E de onde virá o dinheiro? – Ana perguntou.

– Dos ingressos. Nós receberíamos algum pagamento dessa fonte, mas, agora, proponho oferecer essa renda para eles. Se desistirmos, não ganhamos nada; se tentarmos, há uma chance pequena. Afinal somos apenas um teatro comunitário, mas é melhor do que nada.

Ana subiu ao palco e ficou ao lado de Terezinha.

– Não vou desistir! – Ana afirmou, sorrindo. Durante aquela hora que esperara, refletira sobre Manoel ter pego ela e Pedro de surpresa no palco. Odiaria o ator bêbado pelo resto da vida, não por tê-los pego e, sim, pela expressão que fizera ao vê-la seminua. Contudo, não jogaria fora seu sonho por causa dele. Iria em frente. Pedro teria de ser deixado de lado. Por mais que ela o desejasse, era um sacrifício pelo bem de todos. – Irei lutar por esta peça com todas as minhas forças. Sou a que tem menos experiência aqui, mas sinto muito orgulho do nosso trabalho e quero brilhar neste palco ao lado de vocês.

– Eu topo! – Pedro apoiou. – Não precisam me pagar. Me viro para continuar trabalhando.

– Contem comigo – Rúbia disse em seguida.

Um a um, o elenco todo se levantou. Todos aceitaram continuar em frente, mesmo sob a terrível tragédia que se abatera sobre eles. Ana sorriu. Ao olhar para Pedro, sua alegria diminuiu. Teria de perdê-lo para construir seu sonho em cima do palco.

Capítulo 18

Era espantoso o fato de duas pessoas trabalharem no mesmo lugar e conseguirem evitar um ao outro por completo. Após todo o elenco aceitar passar a bilheteria para os fornecedores e só receber depois, caso sobrasse algum dinheiro, Pedro a procurou nos bastidores. Depois de discutirem um pouco, nada tão drástico quanto na noite em que foram surpreendidos por Manoel, combinaram que deviam manter uma relação apenas profissional.

Após ver Pedro concordar com certa frieza, Ana esperou ele sair de perto para desabar. Deixou as lágrimas escorrerem em silêncio. Precisava ser forte, tinha mais nas mãos do que gostaria e deixar um homem daqueles escapar, talvez fosse um preço alto demais a pagar.

Nos dias seguintes, Ana encontrou trabalho bastante para mantê-la ocupada e razões mais do que suficientes para que passasse mais tempo no escritório do que no teatro, onde não o veria tanto. Contudo, ela concluiu que aquele tipo de comportamento não era digno. Na verdade, estava bem próximo da covardia.

Além do mais, tinha prometido a Pedro que o ajudaria com as reformas e até aquele momento não movera uma palha sequer que não fosse do ponto de vista financeiro. Não era o tipo de mulher que falta com a palavra empenhada, independentemente de quanto isso lhe custasse. Enquanto caminhava até os camarins onde Pedro com certeza trabalhava, lembrou a si mesma que também era uma mulher capaz de manter o autocontrole. E não tinha a menor intenção de seduzir ou tirar vantagem dele. Pelo menos, não naquele momento.

Entrou no camarim e lá estava ele. Não poderia dizer que ficou com água na boca, mas sentiu algo muito próximo disso.

Pedro vestia um daqueles trajes justos... calça jeans cor de chocolate e uma blusa vermelha deixando saltar os músculos, ou, como diria Rúbia, os pedacinhos de carne esculpidos por Deus que lhe emprestavam uma aparência pecaminosa. Seus cabelos estavam revoltos e selvagens como se ele tivesse acabado de correr ao vento.

Ana concluiu que, para ajudar o seu autocontrole, o melhor lugar do universo para colocar as próprias mãos era dentro dos bolsos da calça, e rápido.

– Muito trabalho? – Ana perguntou.

Pedro ergueu a cabeça

– Por quê? Por acaso está interessada em ajudar?

Ana achou melhor não dar nenhuma resposta que pudesse ser mal-interpretada.

– Prometi que viria ajudá-lo quando tivesse um tempo livre. Então... Estou aqui.

– É verdade. E, para ser franco, chegou no momento certo.

– Ótimo. O que eu faço?

– Comece a descascar aquela parede do fundo. – Ele indicou uma das paredes com um gesto. – Na porta do banheiro tem uma caixa com espátulas. Escolha uma.

– Não quero me intrometer no seu trabalho, apenas ajudar, mas por que reformar um camarim quando há tantos outros lugares que o público terá acesso e que não estão prontos? – Ana questionou.

– Caso a peça faça sucesso e alguém da imprensa vier entrevistar a Rúbia, será aqui, neste camarim. Agora, imagine uma foto dela, linda, com um camarim caindo aos pedaços. Isso é o que irá sair nos jornais, revistas. Em outras palavras, uma excelente oportunidade de atrair público desperdiçada por deixarmos de cuidar da aparência de algumas paredes. O resto, com o qual você está preocupada, estou fazendo o máximo possível para ficar pronto a tempo. Um ou outro ponto vou apenas dar uma maquiada e rezar para ninguém perceber.

– Obrigada – Ana agradeceu. – Graças a Deus você está nessa equipe. Eu não consigo pensar em tudo, nem tenho o conhecimento técnico ou a experiência para isso.

– Eu sei, Ana. Todos da peça sabem disso.

Ana abaixou a cabeça e suspirou.

– Não pense que o meu comentário é uma crítica. Muito pelo contrário. Eu e os outros achamos louvável seu esforço. Sem ele, é muito provável que não houvesse mais peça.

Ana sentiu o rosto esquentar. Nunca fora acostumada com elogios.

– Faltam poucos dias para a estreia – Pedro continuou. – Pelo que me disseram, você está com dificuldades.

– Já estão fofocando sobre meu trabalho no lugar do Tiago?

– Sim. O que você esperava? Mas não se preocupe, ninguém está procurando um bode expiatório.

– A Terezinha ficou de me ajudar com os números, contudo, mesmo com toda a boa vontade que ela tem, a idade avançada não permitiu que ela ensaiasse e depois ficasse aqui trabalhando comigo. Se tivesse alguém com o conhecimento dela, o tempo todo ao...

– Calma, pequena! – Pedro tentou tranquilizá-la. – Ninguém está falando mal de você. Apenas disseram que nossa valente brasileirinha está um pouco nervosa por causa dos números. – Ele fez cócegas sob o queixo dela certamente porque sabia que isso a deixava zangada.

Um impulso de fúria arrepiou-lhe a pele. Pedro estava sendo muito gentil, mas tocá-la daquela maneira era uma provocação aberta.

Que droga, Pedro! É melhor manter suas mãos bem longe de mim.

– Pelo visto, essa história de que você está nervosa não é pura intriga e fofoca. – A expressão dele pareceu exageradamente ofendida, chegando a tornar-se cômica, quando ele fez beicinho. – Apenas me contaram, madame. Desculpe!

Ana quis rir, mas segurou o impulso.

– O que está acontecendo, pequena? Os fornecedores toparam?

– Bem... – ela suspirou. – A situação não melhorou muito.

– Eu sei disso. Não sou cego. Mas eles toparam ou não?

– Ontem, marquei uma reunião com todos e após eu fazer um discurso...

– Um discurso para todos os fornecedores ao mesmo tempo? Pessoas desconhecidas, que vieram aqui sedentas por explicações? – Os olhos dele arregalaram-se, chocados. – Ora, Ana, você está mudando mesmo!

Ela sorriu, nervosa. Ele nunca a elogiara daquela maneira.

– Eles toparam. Não irão cobrar pelo que já entregaram. Mas não vão fornecer mais nada. Vamos ter que nos virar com o que temos.

– Ótimo. Estive pensando agora. Posso ir até algum curso e tentar arranjar algum estagiário para te ajudar.

– Não precisa. Acho melhor continuar sozinha. Até me adaptar a alguém novo, isso poderia mais atrapalhar do que ajudar.

– Se a madame precisar, tenho muitos truques na manga que você não conhece! – Pedro disse com um pouco de malícia.

Ela jamais conseguiria ficar zangada com ele de verdade, não quando ele parecia assim, tão querido.

– Já se passaram anos, desde a última vez em que vi uma peça que prestasse neste lugar... – Pedro murmurou. – Penso até em sair daqui para ver o bom e velho teatro de verdade.

– Faça uma viagem. Itália. Espanha. Aposto que nesses países e em muitos outros, em qualquer época do ano, há peças fantásticas acontecendo.

– Talvez eu vá!

– Poderíamos ir juntos! – Ana sugeriu, mas ao perceber que poderia ser mal interpretada, tratou de corrigir logo. – Todo o pessoal da peça, eu quero dizer.

– Talvez. Mas viajar significa deixar de lado meus negócios.

– Ah, agora você se tornou um "pequeno empresário"?

– Eu gosto de trabalhar com madeira, de verdade. E também gosto de ter contato com pessoas e surpreendê-las com meu trabalho. Embora, às vezes, eu encontre algumas bem esquisitas.

– Por exemplo?

– Houve esta fulana muito chata, que começou a aparecer aqui todos os dias, durante semanas. Insistia em dizer que me reconhecia de outra encarnação.

– Uma "cantada" patética! – Ana acusou, sentindo ciúmes.

– Certa noite, ela chegou sem avisar, quando eu estava fechando, e tentou me passar uma "cantada" muito melosa e direta.

– Humm... O que você fez? – Ana questionou, percebendo que aquela conversa a irritava demais e que logo poderia até dar um tapa no rosto dele, tamanho seu ódio.

– Dei-lhe um olhar gélido e uma frase de Neruda! – Ele encolheu os ombros.

– Você tem um bocado de estilo. Poderia tê-la mandado pastar... – Ana disse, sentindo a fúria passar.

– Você sabe que não sou assim. Não seria rude apenas para dispensar uma mulher.

Ele veio sentar-se no chão ao lado de Ana e começou a raspar a parede também.

– Gosto quando ficamos a sós – Pedro observou como se dissesse que estava chovendo. – Como aquele dia em que o Manoel nos interrompeu.

Ela tremeu. Por sorte estava sentada ou teria caído para trás.

– O que foi? – ele perguntou.

– Nada que possamos mudar – Ana falou e enxugou a testa úmida.

– É aquela história de peça em que você atuou, não é? Quando era uma menina.

A dor foi súbita e aguda. Ana lamentou ter dividido aquilo.

– Ainda não conseguiu superar? – Pedro perguntou. – Mesmo com todas as mudanças em sua vida, depois de ter chegado a Portugal?

Ana não sabia e não queria responder, caso tivesse a resposta. Pedro se aproximou dela, a respiração pesada, murmurando:

– Existe uma forma de tratar disso.

Ana sentiu-se desconfortável. Era como se ouvisse nitidamente as batidas aceleradas do próprio coração.

– É interessante perceber como deixo-a nervosa – Pedro falou, parando de raspar a parede.

– Não estou nervosa. É que... já terminei aqui. – Ana levantou-se e foi raspar mais adiante.

– Interessante... – Pedro repetiu, imitando o movimento dela. – Não são as recordações que estão te deixando nervosa, sou eu. – ele começou a se aproximar de Ana.

– Do que você está falando? – Ela deu um passo atrás.

– Você sempre esteve... – Ele chegou bem perto dela. – Acho que posso usar o termo "dando em cima de mim" desde que nos conhecemos, não posso?

– Acredito que não seja o termo correto. – Ana decidiu que era melhor enfrentar a situação. – Se aparentei estar nervosa é porque reagi de maneira natural, levando-se em conta a atração física. – Sentiu que falara mais do que devia. – Acho melhor você parar com esse jogo, Pedro. Ninguém vai ganhar. Além do mais, já conversamos sobre isso. Não é o momento.

– Não – Pedro concordou e avançou mais.

Ana encostou-se contra uma das paredes.

– Isso não fará bem para nenhum de nós, Pedro. – O sangue pulsava descontrolado nas têmporas dela e foi necessário um grande esforço para que mantivesse a voz fria e firme. – O fato é que andei repensando o assunto.

– É mesmo?

– Sim, e... Pare com isso! – Ana ordenou, quando Pedro colocou a mão na perna dela.

– Seu coração está disparado – ele murmurou. – Como o meu. Posso lhe dizer o que me passou pela cabeça, o que aconteceu com o meu corpo, quando você se aproximou?

– Não – Ana mal sussurrou dessa vez. – Tenho coisas mais importantes com o que me preocupar agora.

– Aposto que não. – Pedro sorriu. – O que pode ser mais importante...

– Não – Ana interrompeu. – Não pretendo, de forma alguma...

– Você está tremendo, minha pequena. Acho que você quer tanto quanto eu.

"Claro que não, com os diabos!", ela pensou. "Aposto que desejo muito mais do que você."

– Você nunca esteve envolvida com homem algum, não pra valer – ele disse.

– Relacionamentos complicam as coisas, Pedro.

– Eu sei.

– Sabe?

Ele sorriu com malícia.

Afastando a cabeça para trás, Ana tentou decifrar o olhar dele, mas não conseguiu. Ele a encarou por um longo momento que pareceu congelar no tempo.

– Temos muito trabalho ainda – disse, cerrando as mãos para quebrar o encanto daquele homem. – Muito trabalho.

Pedro levantou-se e foi na direção da porta, deixando para trás uma Ana aturdida. Dessa vez, enquanto o via se afastar, Ana deixou escapar um suspiro.

"Está brincando com fogo!", disse a si mesma. "O pior é que já estou em chamas!", admitiu.

Capítulo 19

Ana precisava encontrar uma maneira de arrancar Pedro de seus pensamentos. O que antes era uma atração física, a cada dia tornava-se também uma paixão. Porém, tinha coisas mais urgentes a resolver e que precisavam de sua total atenção.

Precisava sair daquele camarim. O cheiro do perfume dele ainda estava por lá e assombrava seus pensamentos com visões deliciosas de Pedro. Sabia ter se comprometido em terminar de raspar e pintar a parede. Percebeu que se ficasse ali ou fosse embora, daria na mesma. Nos dois casos, não realizaria a tarefa.

Resolveu ir até o palco. Lá encontraria o elenco e, sem dúvida, conseguiria distrair-se um pouco. Levantou do chão, saiu do cômodo, percorreu os corredores até o tablado. A poucos metros de entrar nele, percebeu, pelas vozes acaloradas, que haviam problemas.

– O que está acontecendo? – Ana perguntou.

– O que está acontecendo é que esse bando de paspalhos não é digno de pisar no mesmo palco que eu! – Manoel berrou. – São estúpidos, todos!

O homem tentava se manter em pé. Enquanto falava, o cheiro de álcool atingia Ana. Ele estava bêbado de novo. Aquilo não podia continuar. Tudo deve ter um basta.

Desde que assumira o posto de diretora, os atores estavam trabalhando duro para ajudá-la. Soubera, há pouco, das fofocas sobre ela estar irritada, porém, julgara natural tais questionamentos e não se importara realmente. Todos se empenhavam ao máximo e o humor andava ótimo, com exceção de Manoel. Parecia que o príncipe paspalho tinha o dom de destruir todas as energias boas.

– Manoel, precisamos conversar – Ana disse.

– Com certeza precisamos, mocinha. Essa sua peça é um absurdo. Você não sabe tratar um talento de verdade.

– É melhor se acalmar, Manoel.

– Eu não preciso me acalmar. Preciso de alguém que compreenda meu talento. E esse alguém não é você. Que experiência tem? Como pode julgar, se nem ao menos domina a nossa língua. Seu sotaque é horrível. Parece uma criança falando. Tive muita pena de você no início, mas depois de ver suas safadezas com Pedro, percebi que você não passa de uma devassa. Alguém sem escrúpulos e que irá nos afundar.

– Cale a boca, seu bêbado desgraçado! – Ana gritou. – Quem você pensa que é para me julgar?

Um silêncio caiu sobre todo o teatro. Era possível ouvir as respirações de cada um.

– Como ousa me mandar calar? – Manoel gritou. – Você não passa de uma meretriz que achou no senhor músculos uma fonte de prazer.

– Chega! Eu quero você fora daqui! – Ana retorquiu com uma coragem que nem ela sabia que tinha. – Você não faz mais parte da peça. Além de bêbado, você está cada dia mais agressivo. Você precisa procurar um médico urgente.

– Não tem nada de errado comigo.

– Parece que você está cansado disso tudo.

– Eu a aviso quando estiver cansado.

– Você é alcoólatra. Não tem a menor condição de atuar. Se no dia da estreia entrar no palco nestas condições será um desastre.

– Bem, se você quer mesmo saber, estou olhando para aquela que está me deixando doente. Você é horrível, garota.

– Seu problema é fácil de resolver – Ana disse. – Basta você sair daqui e não voltar nunca mais.

– Que bobagem! Está naqueles dias? Não existe nenhum motivo para ficar irritada assim. Nenhum mesmo. – Ele mudou o tom.

– Estou zangada. Esta é nossa peça. Você não pode estragar.

– Vá pro inferno, garota!

– Chega, Manoel.

– Não use esse tom comigo. Não sou uma criança.

Manoel passou os dedos entre os cabelos em um gesto nervoso e deixou escapar um suspiro frustrado.

– E que tom de voz você prefere? – Ana retrucou. – Um enrolado pelo álcool?

– Você não manda em mim.

– Tecnicamente mando, já que sou diretora da peça e cuido também da produção. Portanto, fora daqui.

Ela estava um pouco ofegante e o maldito suor não parava de lhe escorrer para os olhos, o que só a deixava mais irritada.

– Nunca ouvi tamanho disparate. Vocês são um bando de ridículos amadores. Eu devia esbofeteá-los até vocês virarem atores.

– Tente! – Rúbia gritou. – Tente para você ver o tamanho da surra que damos em você.

– A-ma-do-res! – Manoel soletrou bem devagar. – E você, Rúbia, que moral tem para falar de alguém aqui? Todos sabemos como você vive no luxo. Não é novidade para ninguém sua vida dupla.

– Cale a boca, idiota! – Rúbia retrucou. – Ninguém aqui sabe da minha vida fora dos palcos.

Enquanto os dois discutiam, Ana observou o rosto de Manoel ficando cada vez mais vermelho e seu peito subindo e descendo rapidamente. Acreditou que ele acabaria tendo um ataque cardíaco ou algo do tipo.

– Alguém traz um copo d'água para ele, por favor. Venha, Manoel.

– Oras... me deixe em paz! Tire as mãos de mim. O que pensa que está fazendo?

– Para começar, vou fazer essa bebedeira passar.

– Me solta! – Manoel deu um tapa nas mãos de Ana. – Vá para o inferno. Não gosto e não permito que tentem mandar em mim.

– Eu não gosto de mandar em ninguém. É a vida!

Manoel balbuciou palavras incompreensíveis de tão enrolado que falou e partiu para cima de Ana. Ela deu um passo para trás, mas não foi o suficiente. O ator conseguiu-lhe segurar no braço e começou a sacudi-la.

– Quem você pensa que é? – berrava, com seu hálito pesado. – Quem?

– Tire as mãos dela! – alguém afastado do palco gritou.

Ana estreitou o olhar na direção da voz. Pedro descia as escadas entre as fileiras de assentos em direção a eles.

– Já mandei tirar as mãos dela! – ele gritou mais uma vez e saltou como um leão enfurecido na direção do palco.

– Calma aí, rapaz! – Manoel gritou. – Isso é entre ela e eu. Essa...

Em cima do palco, Pedro não esperou Manoel sequer terminar a frase. Deu três passos em linha reta e desferiu um soco. Manoel foi atingido no rosto e caiu no chão berrando.

– Você tem dois segundos para desaparecer daqui e nunca mais voltar –Pedro ameaçou.

Manoel levantou-se do chão. Encarou o grupo todo com verdadeiro ódio nos olhos, mas se ia dizer algo, guardou para si. Resmungando, quase em prantos, foi em direção à saída.

Pedro recebeu uma salva de palmas dos outros atores, o que o fez erubescer um pouco.

Ana foi até ele.

– Obrigada. Eu não achei que Manoel fosse...

– Manoel não deveria nem pensar em tocar em você. Ninguém deveria pensar nisso.

Foi a vez de Ana enrubescer. Ela ficou sem palavras e conseguia apenas encarar o seu salvador. Aquele, sim, era um príncipe encantado de verdade, um cavaleiro.

Ela queria beijá-lo ali mesmo, na frente de todos. Queria se entregar ao homem que a salvara. Levá-lo para a sala mais próxima e deixar que ele a possuísse.

– Vou atrás dele para ter certeza que foi embora mesmo. – asim dizendo, Pedro saltou do palco e caminhou em direção à saída.

– Você está bem? – Terezinha perguntou, se aproximando, junto a Rúbia, de Ana.

– Estou – Ana respondeu. – Meu coração quer pular da boca pra fora pelo susto que tomei, mas estou bem.

– E agora? – Rúbia questionou. – Temos outro grande problema nas mãos.

Ana olhou para as duas companheiras de infortúnios teatrais em busca de uma explicação para o que Rúbia acabara de falar.

– Você acabou de despedir o príncipe. Onde vamos achar ator que conheça o texto e tope trabalhar, sem a certeza de que vai receber?

Capítulo 20

Ana corria pela rua. Não ouvira o despertador e acabara perdendo a hora. Não fosse Sabiá subir na cama e ronronar reclamando que estava com fome, ela ainda estaria dormindo.

Entrou às pressas no teatro, atravessou o *hall* e chegou ao espaço destinado à plateia. O ensaio já começara. Apenas um ator estava em cima do palco. Andando para não desviar a atenção dele e também com a intenção de recuperar fôlego, chegou até a primeira fileira e se juntou ao resto do elenco.

Eles conversavam mantendo a voz baixa. Ao chegar mais perto, suspenderam a conversa.

– Oi – Ana cumprimentou. – Algum problema enquanto eu estive fora?

Eles se entreolharam e continuaram em um silêncio constrangedor.

– O que aconteceu, gente? – Ana perguntou.

– Isso não vai funcionar, Ana. – Rúbia apontou para a coxia.

Na coxia, Pedro falava sozinho, nervoso, enquanto andava de um lado para outro. Trazia nas mãos o roteiro do espetáculo. Parou. Olhou para o texto, para o teto e então voltou ao texto. Logo começaria o primeiro ensaio dele e era evidente que os nervos estavam à flor da pele.

Após a saída de Manoel da peça, todos começaram a procurar por alguém que o substituísse. Conseguiram cinco atores que toparam fazer testes para o papel. Eram terríveis. Se aceitassem qualquer um deles, virariam a piada do ano no circuito dos teatros. Perderam mais um dia atrás de outro ator, mas não acharam nenhum que fosse bom o suficiente e que aceitasse trabalhar sem ganhar nada. Então, Ana pensou em Pedro. Ele tinha os requisitos. Gostava de teatro, costumava ler Shakespeare, e possuía a beleza e o porte de fazer inveja a qualquer príncipe real ou do cinema. O elenco achou uma boa ideia. Após uma breve conversa de Ana e Terezinha com Pedro, mesmo com certa relutância por parte dele, ficou acertado que tentariam por dois ensaios.

– Vai dar certo, sim, gente. Confiem nele.

Todos pareceram surpresos ao ver o quanto Ana falava com calma e confiança. Ela respirou fundo e olhou para Pedro. Esperava que ele não a decepcionasse. Se o fizesse, desta vez, não teria como contornar o problema e seria o fim de *Cinderela*.

★ ★ ★

– Isto não é para mim! – Pedro disse no dia seguinte. – Amo os textos clássicos, amo estar no teatro, mas não nasci para atuar.

Depois que Pedro jogou o calhamaço de texto longe, só fez esbravejar.

Ana e Pedro haviam passado horas ensaiando para reverter sua má atuação no primeiro ensaio. Ela o conduziu a dizer suas falas e a se movimentar. E tudo parecia estar indo muito bem. Mas quando o elenco chegou e todo o circo estava pronto para o ensaio geral, Pedro não ficou nada à vontade.

– Eu te avisei, Ana – ele continuou. – Mas você não escuta.

– Vamos tentar novamente – ela retorquiu, tentando dar um ar alegre à cansativa discussão.

Todos concordaram com a cabeça.

– De jeito nenhum. Chega. Não vou conseguir.

– Vai, sim. Só temos que ensaiar! – Ana insistiu.

– Você é muito teimosa.

– Por favor, Pedro.

– Não dá! Nem essa droga de blusa de príncipe me serve.

O coração de Ana pareceu despencar dentro do peito e mais uma vez ela pensou na hipótese de não conseguir a participação de Pedro na peça. Eles combinaram de tentar por dois ensaios, mas ele não estava ajudando nem um pouco naquele ponto.

– Não vê que isto não está dando nada certo? – ele questionou.

– Pedro, vá até o canto do palco e venha na minha direção.

– Não adianta. Não consigo. O que quer que eu faça?

– O que eu quero? Talvez como último recurso, finja que é um bom ator! –Ana respondeu impaciente.

– Ah, pelo amor de Deus! – ele explodiu. – É algo totalmente antinatural eu fazer isso. É a *Cinderela*! Eu não consigo fingir que me importo com a história.

– E você precisa ser tão grosseiro?

– Por quê? – Pedro perguntou, levantando as mãos para o céu.

– Por que o quê?

– Por que preciso fingir que estou gostando disso?

– Encare como um desafio. – Ana suspirou diante da reação dele – Sei que você adora ser desafiado.

– É verdade. Mas acho que só farei papel de tolo desta vez.

– Pedro, tudo o que eu fiz até agora foi para salvar esse espetáculo, não foi? – Ana disse. – Até agora você me apoiou. Deu sua opinião, eu dei a minha e ambos seguimos, juntos, consertando esse teatro. Digamos que você ficou com a parte física e eu com os recursos humanos. Até agora funcionou, não foi? – Ele pareceu concordar, mesmo sem dizer nada. – Então, por que você não confia em mim desta vez? Você é meu Príncipe Encantado. – Ana sentiu o coração disparar. – O nosso Príncipe Encantado. Nosso – ela corrigiu, sem jeito. – Nos dê mais esta chance, por favor.

– Já que você tem tanta certeza... Sim, vou tentar. – Ele assentiu com a cabeça, bem devagar. – Só tem um problema – Pedro admitiu, mostrando-se desconfortável. – Não sei se vou conseguir ser um Príncipe Encantado.

– Tudo bem – Ana disse. – Eu sei que você está fazendo o melhor que pode. Agora, preste atenção e tente novamente. Fique quieto por algum tempo e relaxe para podermos começar.

Pedro se afastou, colocando-se em um canto da coxia. Ele suspirou alto, balançou os braços pra cima e pra baixo, depois deteve-se para elevar os ombros, relaxar o pescoço e flexionar os dedos.

Ninguém poderia dizer que ele não cumpria as obrigações que lhe davam. A tarde toda ele havia se mantido tenso, olhando meio de lado, sem tirar os olhos de Ana.

Mesmo com as discussões e a tensão entre eles, parecia que Pedro se esforçava apenas para agradá-la. Ela não se sentia mais intimidada por achá-lo tão bonito. Ela achava lindo tudo o que ele fazia. Como se recostava na cadeira, como ria, como conversava com cada um dos membros da equipe, as ideias passando rapidamente através das expressões do seu rosto.

Ana adorava fitá-lo quando ele exibia um jeito pensativo, os olhos distantes e perdidos em algum lugar. Aquilo tudo provocava zumbidos quentes e nervosos de expectativa na barriga de Ana.

Ao fim do ensaio, Ana ainda estava na plateia conferindo suas anotações quando Pedro se aproximou. Ele trazia um sorriso forçado e dirigiu-se a ela com cerimônia.

– Fiz tudo conforme você mandou. Tentei lançar os meus melhores sorrisos, meus melhores olhares, meu melhor andar. Não sei se alcancei um bom resultado... mas amanhã... quando o público estiver aqui...

– Não se preocupe com isso. Você foi muito bem hoje, meu príncipe.

Ao notar as palavras que haviam saído involuntariamente de sua boca, Ana sentiu o rosto corando. Tentou esconder quão embaraçada havia ficado, começando a mexer nas planilhas e roteiros que tinha nas mãos. Mas acabou por se atrapalhar e deixou sua caneta cair. Ana abaixou, pegou a caneta, recolheu sua bolsa e guardou a caderneta de anotações dentro dela. Quando olhou para cima, Pedro permanecia ali ao seu lado, observando-a.

– Tudo bem? – Ana perguntou.

Ele a contemplou com um sorriso caloroso de quem gostava do que via.

– Não mude nada, viu? – Ana disse para engatar uma conversa. – A única coisa que precisamos fazer é melhorar sua... hã... aparência principesca. Vamos colocar o figurino que você terá de vestir.

Os dois foram para a sala de figurino. Ela foi até a estante que pertencera a Manoel e pegou a fantasia de príncipe.

– Fim de papo! Jamais vou usar essas coisas ridículas – Pedro disse quando viu o figurino. – O que você está pensando de mim? Que sou paneleiro?

– O que é paneleiro?

– Viado, como se diz no Brasil.

Ana esboçou um largo sorriso. Ele podia ser qualquer coisa, menos *gay*. Rúbia errara completamente quando se disse desconfiada das preferências dele. O que ele era mesmo, além de gostoso, era teimoso. Muito teimoso, mas um doce de pessoa. Sabia que com um pouco de calma e uma boa dose de boa vontade ela conseguiria convencê-lo a aceitar certas coisas que, para ele, pareciam ser absurdas.

– Pedro, lembre-se de que isso é um teatro infantil. Você é um Príncipe Encantado. Da Idade Média. E não pode se vestir de jeans. Além do mais, você não vai sair pela cidade se exibindo nessas roupas. Jamais achei que você tivesse esse tipo de bobagem diante de uma fantasia.

– Tem razão. Mas vestir essas coisinhas apertadas... Nem sei se essas calças, que não são calças de jeito nenhum, me servem.

– Vamos experimentar?

Ele não demonstrou muito entusiasmo, mas concordou em experimentar as peças escolhidas por ela e foi para a sala ao lado.

Quando Pedro retornou, usando parte do figurino escolhido, sua cara não era de bons amigos. Seu rosto inteligente assumira um olhar bravo e focado. A sombra da barba por fazer mostrava-se grudada à sua pele. Era um príncipe com cara de mau. Mesmo assim, o príncipe mais bonito que já vira em toda a vida. Claro que jamais vira um de verdade ou qualquer outro membro da realeza, mas os do cinema ficavam para trás se comparados a ele.

O figurino consistia em uma calça muito justa, uma blusa branca com mangas ligeiramente bufantes, uma faixa vermelha na transversal e uma medalha dourada na altura do peito. A calça apresentava-se como uma fina camada de tecido negro, brilhante e elástico, que apenas emoldurava os músculos de Pedro. Estava delicioso.

"As mães das crianças que eles precisavam agradar iriam gostar bastante disso tudo...", Ana pensou, sem conseguir esconder um sorriso.

– Bem, a calça serve, mas e a blusa?

Por que Pedro a trazia no ombro?

– Vista, Pedro – Ana pediu sem conseguir disfarçar o olhar grudado no peito másculo dele. – Vamos ver como fica a blusa.

– Não dá.

– Por favor, Pedro. Você prometeu tentar.

– Não é isso. Eu tentei. Mas não serviu.

Quando ele vestiu a blusa, Ana precisou apertar os lábios para conter o riso. A peça que vestia como uma luva em Manoel parecia uma ridícula camisetinha *babylook* no tronco parrudo de Pedro. Ele tirou a blusa e a lançou sobre o ombro de forma imprudente.

– E se eu entrar com a blusa no ombro? O que acha, Ana? Podemos dizer que a peça se passa no verão e que estava muito quente para usar uma blusa como essa. Imagine assim: o príncipe estava cavalgando, ficou com calor, então tirou a blusa e jogou sobre o ombro. Pronto. O que acha?

O que ela achava? Ana gemeu imperceptivelmente ao olhar o corpo dele, os músculos protuberantes, produto do exercício matinal e do trabalho a que se dedicava diariamente, os ombros largos e perfeitos. Ana estava radiante com o produto final de sua criação e não conseguiu se segurar:

– Às vezes, o coração vê o que é invisível aos olhos. Mas, desta vez, estou vendo algo muito visível. Quando percebeu o quanto a declaração havia soado como um testemunho descaradamente apaixonado, ela respirou fundo antes de continuar. – Você está lindo, Pedro! Um príncipe da Idade Média! Então, se arrumarmos uma blusa que sirva? Você vai usar o figurino? – Pedro parecia desconfortável. – Por favor, Pedro. Me dá um sim.

Um sorriso apareceu no rosto do mais novo ator daquele grupo.

– Agradeça às minhas convicções. "Viva hoje! Arrisque hoje! Faça hoje! Não se deixe morrer lentamente! Não se esqueça de ser feliz... Feliz... Arrisque-se a fazer, para viver feliz!"

Definitivamente aquilo era um sim. Enlevada pela beleza do momento e pelo alívio de ter encontrado seu Príncipe, ela ergueu a mão para acariciá-lo no rosto e murmurou seu nome.

Ana ficou totalmente perdida. Amor e paixão, sonhos e desejo debatiam-se em seu coração. Indefesa, deixou o rosto mergulhar mais uma vez no largo peitoral. Queria se entregar ali mesmo. Por um instante, quase o fez. A data da estreia lhe veio à mente, freando o impulso que sentia. No dia seguinte, as portas do teatro se abririam para o público.

Capítulo 21

Era agora. Enfim, Ana e o teatro teriam seu momento derradeiro. Sucesso ou fracasso. Não haveria meio termo. Por um instante, pensou em fugir dali. Saber pelos jornais o que acontecera e não fazer parte disto. Respirou fundo e, como fizera desde que chegara a Portugal, venceu seus medos. De um jeito ou de outro, aquela noite era a mais importante de toda sua vida.

Espiou pela cortina e viu, contra todas as expectativas, a casa cheia. Suas pernas tremeram. Não deu importância. Isso a fez querer, ainda mais, entrar no palco e testar-se.

Ao longo daquelas últimas semanas, ela se transformara de uma jovem indecisa e traumatizada em uma sonhadora capaz de tocar toda a produção de uma peça teatral. Dessa vez, ela não fugira dos problemas. Ela os enfrentara.

E como houve problemas!

A começar pela saída do diretor, o golpe dado pelo produtor até a substituição daquele príncipe que não era nada encantado. Ela enfrentara tudo e chegara até ali. Ela tinha conseguido. Já se sentia uma vencedora. Porém, a verdade devia ser dita: ela não fizera isso sozinha.

Olhou para Pedro, pronto para entrar em cena. Estava mais lindo do que nunca. Reparou, mais uma vez, como as roupas eram pequenas para ele e como ficavam especialmente justas, dando mais enfoque aos músculos da perna. Ana sorriu, envergonhada dos próprios pensamentos. Mas como poderia evitar imaginar e fantasiar diante de tal deslumbre? A camiseta jogada sobre os ombros desferia um golpe fatal na sua sanidade levianamente feminina. Aquela imagem faria qualquer mulher rasgar as próprias vestes de puro desejo. Realmente, o mais interessante príncipe encantado da história.

Antes de a cortina abrir, ele olhou para ela e sorriu.

Ana sentiu o coração aquecer.

A peça teve início. Rúbia entrou em cena, seguida por Terezinha. Ana ouviu os diálogos atenta. Logo seria a vez dela. Fechou os olhos à espera de sua deixa, do momento que enfrentaria seus demônios mais antigos. Pensamentos a invadiram como uma avalanche de neve. Tentou expulsá-los, mas eles insistiram e venceram a batalha.

★ ★ ★

Aquele era um mês de ventos congelantes e céu nublado. Cada dia estava mais frio que o anterior. Era um mês de canos congelados, estourados, calefação no máximo e motores enguiçados.

Por todo o mês, a estrada até o teatro ficara praticamente intransitável. Mas Ana não se importava mais em mal conseguir sair a pé sem sentir incômodo. Ela passara a ter prazer naquilo. Sua dispensa, antes quase vazia, como se ela estivesse pronta para fugir a qualquer momento, agora estava abastecida. O apartamento que chegara a evitar, agora parecia um porto seguro.

Percebeu que estava produzindo um lar.

Do modo como via as coisas, ela tinha tudo que precisava.

Permitiu que o sentimento tomasse conta de seu corpo e ficou assim, de olhos fechados, curtindo a sensação de gostar de ser ela mesma.

A fala de Terezinha no papel da madrasta a trouxe de volta à realidade. Era a sua deixa. Respirou fundo e entrou em cena. Não teve medo e não pensou no passado. Divertiu-se.

Durante a peça, saiu e entrou no palco inúmeras vezes. Em todas, sentiu-se livre. No fim, assistiu da coxia Rúbia e Pedro, ou Cinderela e o Príncipe Encantado, ficarem juntos e felizes para sempre.

Fechou os olhos pela segunda vez. Vencera. Agora só faltava uma conquista para tornar sua vida perfeita.

Foi trazida de volta pelo som de aplausos. Alguém a puxou de repente e, ainda sem entender o que acontecia, Ana notou que estava no palco, com os holofotes nela. As pessoas aplaudiam e assoviavam.

Sentiu mãos calejadas segurarem as suas. Olhou para o lado e Pedro sorria para ela.

Ele lhe estendeu um buquê de violetas, os olhos transbordando de admiração. Ela não conseguiu segurar as lágrimas.

Ana pensou que fora preciso uma varinha mágica para produzir violetas em pleno mês de dezembro. Quando ela perguntou sobre as flores, Pedro simplesmente sorriu e lhe disse que elas não tinham espinhos. Que tipo de resposta era aquela?

Era a resposta perfeita.

Olhando para a plateia, Ana suspirou. Quantas vezes, nas últimas semanas, fugiu? Não fisicamente, pensou, mas fugiu de sentir. Ela era uma mulher que sempre se orgulhara de sua honestidade com seus sentimentos. Ser independente e verdadeira consigo estavam lado a lado na sua escala de valores. Mas Ana mentira – o tempo todo – para si mesma. A pior forma de mentir é fugir. Esse é o pior engano. A salva de palmas pareceu-lhe a sinfonia perfeita para encerrar aquele ato. Era tempo de parar, disse a si mesma. Era hora de encarar a verdade sobre seus sentimentos e deixar de fugir de seus desejos. E que fosse ali, em frente a tudo e todos. Verdade e independência.

Há quanto tempo estava apaixonada por Pedro? Não era algo que podia responder, nunca tivera certeza. Nunca soubera o que era o amor por um homem. Agora tinha certeza. Amava. Compreendeu isso porque amou poucas pessoas na vida. Talvez este tenha sido o grande problema.

Não seria uma espécie de suicídio amar Pedro desmedidamente?

“Melhor aceitar isso”, disse a si mesma.

Nenhum problema se resolvia sozinho sem ser enfrentado. Por mais que isso fizesse dela uma boba, Ana o amava. Estranho, ela realmente acreditava que, uma vez que aceitasse fato, se sentiria melhor. Mas isso não aconteceu.

Quais eram as suas opções? Podia contar a Pedro. E vê-lo recuar. Ele poderia rir dela. É óbvio que Ana também tinha medo disso, mas quantos momentos felizes ela deixaria de viver se o medo a dominasse e ditasse seus passos e caminhos? Haveria outras opções? Pôr um fim naquilo tudo e partir. Poderia entrar em um carro, dirigir até o aeroporto e voar para qualquer lugar. Escapar era a palavra certa. Nesse caso, ela não seria apenas uma covarde, mas uma traidora. Não fugiria do que sentia por Pedro. Isso a deixava com uma alternativa apenas. O amor.

Era isso. Ficaria com Pedro, dormiria e dividiria seu mundo com ele. Entregaria seu coração.

Pedro a conquistara, admitiu. Conseguira isso, atingindo-a em lugares onde nenhum outro homem a tocara. Ela o odiara por isso. Ela o amava por isso.

Com seu humor tão alvoroçado quanto seus pensamentos, Ana virou para ele e ali, ainda sob o som de aplausos, beijou o seu verdadeiro príncipe.

O volume e a euforia dos aplausos aumentaram.

As cortinas fecharam.

★ ★ ★

Ana e Pedro, de mãos dadas, correram para fora dali.

– Você conseguiu, Ana. Todos adoraram.

Ana queria agradecer, mas, se o fizesse, começaria a chorar. Em vez de procurar palavras e segurar as emoções, o beijou mais uma vez.

– Você foi a melhor! – Pedro disse, quando seus lábios se soltaram. – Fez isso tudo com a sua força interior. Assumiu a responsabilidade. Enfrentou algo muito mais difícil do que estar seminua em um palco. Estou orgulhoso. Você é uma mulher incrível.

Na verdade, ela também estava orgulhosa de si. Não achou que fosse conseguir. No fundo, ainda acreditava nas palavras que ouvira quando ainda era criança:

"O palco não é para você."

Agora sabia que sim, o palco era para ela. Mas não só o palco. O teatro, a direção, a produção, tudo. Qualquer coisa que desejasse fazer estava ao seu alcance. Sempre amara o teatro e agora sabia que seu lugar era lá. Talvez de uma forma um pouco diferente do que tinha imaginado, mas seu lugar era lá.

Virou-se para Pedro. O corpo musculoso se contraindo pela excitação do momento.

– Também estou orgulhosa de você. Não pense que não sei o que fez. Significa muito para mim.

– Fiz porque acreditei em você. Você me contagiou. Contagiou a nós todos. Desde o primeiro momento em que a vi, soube que havia algo extraordinário por baixo de todos aqueles véus de medo.

– Achei que nem tivesse reparado em mim no início! Achei que não se importasse.

– E como eu poderia fazer isso? – ele disse. – É impossível não notar você, Ana. Em todos os meus relacionamentos, sempre me decepcionei. Acho que é culpa dos livros. Eles me fizeram buscar e esperar por um amor impossível.

– Você não queria se envolver? – Ana perguntou.

– Não. Não queria me decepcionar novamente. Mas você não me deu opção.

– Desculpe atrapalhar seus planos... – afirmou e riu.

– Você fez muito mais do que isso.

– Como assim?

– Você mostrou que eu estava errado. Que o amor não está apenas nos grandes poemas.

– Onde está então?

– Nos contos de fadas.

Aquilo quase fez o coração de Ana parar. Era tudo o que ela sempre desejara na vida. Todas as suas fantasias de uma vez só.

– E saiba que eu tenho uma nova história preferida agora – Pedro confidenciou-lhe.

– Qual?

– A sua história, minha pequena. Minha Cinderela.

Os lábios dela procuraram os de Pedro, rápidos e sedentos. Ela o segurou, prendendo-o com tudo o que tinha e deixando o próprio corpo obedecer ao ritmo da paixão.

Capítulo 22

Um lindo Karmann Ghia azul-bebê passou por Pedro e o distraiu por um instante. Para sua surpresa, reconheceu Ana ao volante. Viu que ela estava rindo e fazendo um sinal para ele.

O que estava havendo?

Ana estacionou do outro lado da rua.

Pedro desceu da calçada e começou a atravessar a rua. O choque da paixão por Ana continuava a assaltá-lo, com golpes renovados. Aquilo nunca lhe acontecera antes e parecia que jamais passaria.

Pedro estava com vinte e cinco anos e, em momento algum de sua vida, uma mulher o seduzira daquele jeito. Perplexo, passou as mãos com força pelos cabelos, tentando se acalmar. Seus passos firmes tornaram-se vacilantes e quase tropeçou.

Uma mulher acabara de conquistá-lo para toda a vida. Subitamente, ele se sentiu frágil, mas também feliz.

Correu em direção a ela.

– O que foi? – ela disse. – Para que tanta pressa. Desse jeito ainda vai ser atropelado.

– Não quero ficar longe de você, minha pequena. Nem por um instante.

Ana riu de forma gostosa.

– Estou aqui, não se preocupe, meu príncipe. Você me fez esperar tanto...

Os joelhos de Pedro falsearam. Cabeça dura, coração mole e agora, de repente, um romântico.

– Achei que tudo fosse passar...

– Passar? – As sobrancelhas dela arquearam-se. – Como assim? Como se fosse uma gripe?

– Talvez.

– Isso realmente foi um banho de água fria! – Ana retorquiu, saindo do carro.

– Era uma questão de princípios – Pedro começou, segurando as mãos dela. – Mas quando um homem decide se estabelecer, as coisas mudam.

"As coisas mudam", Pedro disse a si mesmo outra vez. "Talvez ela tivesse razão. E se ele estivesse fugindo havia muito tempo? Será que depois de fugir tanto, tinha chegado ao lugar ao qual estava destinado?"

– Tenho algum dinheiro guardado – Pedro disse. – É uma soma considerável, já que nunca fui de gastar muito. O bastante para construir uma casa do outro lado do rio ou reformarmos seu apartamento se preferir. Você gostaria?

Ana o encarou. Os olhos dela encheram-se de lágrimas.

– Nunca pensei em formar uma família – Pedro continou. – Quero ter filhos com você, Ana. Eu te amei desde o primeiro instante. Com o tempo, esse amor foi crescendo e me dominando. Me levando à loucura.

– Era tudo o que eu precisava ouvir. – Ana levou a mão dele aos lábios. – Case comigo, Pedro.

– Oras! Será que nunca deixa ninguém tomar a iniciativa?

Ana riu e o beijou de leve na boca.

– Desculpe-me. Sua pequena não é fácil.

Soltando uma risada, ele a tomou nos braços, erguendo-a do chão.

– Bem, com os diabos! Claro que vou me casar com você.

– Agora mesmo?

– Agora mesmo. Eu te amo, Ana! E já que é cabeça de vento o bastante para se casar com um cara simples como eu, vamos pegar aquele barco – Pedro disse, apontando para uma embarcação que ele alugara. – Pois vou pedir sua mão no rio.

– Pedir minha... Pedro, realmente você me surpreende!

– Já te falei isso antes. Vou fazer tudo direito.

Ana riu e encostou o rosto no dele.

– Vou proteger você – ele disse. – Nunca mais estará só.

Pedro colocou-a no chão. Começaram a caminhar juntos através do cais até o barco sobre o Tejo. Aquele passeio os levaria a um lugar muito mais especial do que imaginavam. Poderia ser a outra cidade ou região, mas não, em vez disso, os levaria para uma nova vida.

Pedro parou um instante e tirou de dentro do casaco um sapato. O que ela estragara ao conhecê-lo. Ele havia consertado.

Ele se ajoelhou e o colocou em seu pé, usando os exatos gestos que fez como Príncipe Encantado em *Cinderela*. A seguir, ele se levantou e deu as mãos à Ana.

Ana fechou os dedos com força sobre os dele.

Como se o momento não fosse o bastante, Pedro ainda a abraçou e sussurrou-lhe uma das suas frases do Neruda ao ouvido:

– Um homem só encontra a mulher ideal quando olha no seu rosto e vê um anjo e, tendo-a nos braços, tem as tentações que só os demônios provocam.

FIM

AbajouR BOOKS

www.abajourbooks.com.br